피아니스트 엄마의
음악 도시 기행

피아니스트 엄마의
음악 도시 기행

조현영 지음

muʃintree
뮤진트리

지난 10년 동안 제 인생에는 많은 변화가 생겼습니다. 그중 가장 큰 변화는 엄마가 된 것이지요. 피아니스트로 살기 위해서는 자유로운 싱글의 삶이 최고라고 확신하며 결혼은 물론 엄마의 삶은 상상도 하지 않았는데 말입니다. 막상 결혼을 해보니, 피아니스트로 사는 무대 위의 삶과 엄마가 되어 아이를 키우는 삶은 180도 아니 360도 달랐습니다. 그리고 그 두 가지의 삶을 병행하는 건 생각보다 힘들었습니다.

사람에겐 평생 사용할 에너지의 총량이 정해져있다는 말이 맞나 봐요. 예술가로서의 욕심을 앞세우면 항상 아이에게 탈이 나고, 아이에게 신경을 쓰다 보면 예술가로서의 삶이 허약해졌습니다. 싱글인 친구들처럼 심야에 영화관에도 가고,

서점에서 혼자 여유롭게 책도 고르고, 홀가분하게 여행도 가고 싶었지만 제 곁엔 항상 엄마 껌딱지 아들이 있었습니다.

엄마 없이는 아무것도 할 수 없던 그 아이가 올해 드디어 유치원을 졸업하고 초등학교에 입학했습니다. 아이는 여전히 엄마 손길을 많이 필요로 하지만, 그래도 이젠 제법 말도 통하고 이것저것 혼자서도 곧잘 합니다.

젊을 때부터 여행을 워낙 좋아했는데 아이를 낳고 육아를 하면서부터는 여행이라는 단어를 제 머릿속에서 거의 지워야 했어요. 하지만 음악을 사랑하고, 음악가를 존경하고, 그 음악을 좋아하는 사람을 사랑하고, 음악이 탄생한 그곳을 늘 그리워했던 저는 언젠가는 그 모든 것을 아이와 함께 느끼고 싶었습니다. 그래서 아들과 함께 제가 유학을 했던 유럽으로 음악 여행을 떠나보기로 결심했습니다.

제 곁에서 엄마가 연주하고 강의하는 것을 자주 봐서인지, 아이는 또래에 비해 음악도 집중해서 잘 듣고 연주회 가는 것도 좋아합니다. 여덟 살짜리가 알면 얼마나 알 거라고 음악 여행을 가느냐며 모두들 말렸어요. 패키지여행도 아니고 자유여행으로 유럽을 한 달 가까이! 비용도 만만치 않을뿐더러 학기 중인 아이를, 더구나 돌아오면 바로 방학이 시작되는 시점에 꼭 그렇게 데리고 가야겠냐고! 하지만 저는 욕심을 냈습니다. 좋은 것들을 보고 느끼면 심장과 머리 한구석에 분명히 남는 게 있을 거라고, 언젠가 좌절과 어려움을 만나더라도 아이는 그 좋았던 기억을 알사탕처럼 하나씩 꺼내 보며 웃음 지을 수 있을 거라고 믿기 때문이에요.

예술은 직접 보고 느끼는 것이 최고입니다. 이번 여행은 저의 제2의 고향인 독일에서 예술의 혼을 느껴보는 것으로 시작합니다. 그러자면 독일 문화의 전반에 큰 영향을 끼친 괴테의 고향 프랑크푸르트와 동쪽으로 뻗은 괴테 가도를 따라 만나는 라이프치히, 바로크의 고도 드레스덴, 그리고 통일 독일의 수도 베를린까지는 둘러봐야합니다. 이어서, 음악가들의 영혼의 도시인 빈, 모차르트와 〈사운드 오브 뮤직〉의 도시인 잘츠부르크를 거쳐 예술가들의 휴양지였던 스위스를 느껴보고, 마지막에는 비발디의 고향 베네치아와 서양문화의 근원지인 이탈리아 로마를 만날 겁니다.

저희는 어느 나라에 가더라도 일단 유명한 음악가들의 고향부터 찾아가 볼 거고요, 그곳에서 태어난 작곡가의 삶과 그 장소가 갖고 있는 의미, 그리고 우리에게 친숙한 그들의 곡을 중심으로 살펴보려 합니다. 위대한 음악의 탄생지인 그곳에서 들으면 좋을 음악과 그곳에서만 할 수 있는 일과 꼭 봐야할 공연도 소개합니다. 그리고 다양한 공간에서 느낀 소소한 감동에 대해서도 고백할 겁니다. 화려하고 웅장한 연주장도 좋지만 동네의 작은 성당에서 울리는 오르간 소리가 더 감동적일 때가 있거든요.

아이는 아직 어려서 여행지에서 보고 들은 것을 모두 기억하진 못하겠지요. 그래도 음악의 도시에서 엄마와 함께한 순간들이 머리가 아닌 마음에 그리고 심장에 스며든다면 어른이 되어서도 행복한 순간으로 추억할 순 있겠지요?

아들아! 일단 가자!

1장

클래식 음악이 숨 쉬는,

독일

프랑크푸르트Frankfurt

유학을 했던 독일 땅을 오랜만에 밟는다는 설레임에, 비행기 안에서의 긴 시간도 견딜 만했어요. 드디어 저 아래로 프랑크푸르트가 보이네요. 저는 고소공포증이 있고 비행기의 이착륙 순간이 늘 두렵습니다만, 신이 나서 재잘거리는 아이가 곁에 있으니 티도 못 내고 혼자 참습니다. 드디어 비행기가 하강을 하며 독일 땅에 입을 맞춥니다. 덜커덩! 쿵! 쿵! 쿵! 쿵!

'살았다!' 오랫동안 냉담한 불량 가톨릭 신자지만 자동으로 가슴에 성호를 긋고 기도를 합니다. '신이시여! 지금부터 시작되는 저희들의 시간에 항상 함께 해주세요!'

한국에서 독일로 갈 때 제일 먼저 만나는 도시는 주로 프랑크푸르트 암 마인Frankfurt am Main입니다. 마인 강 근처에 있는 프랑크푸르트라는 뜻인데, 독일과 폴란드의 국경에 있는 또 다른 프랑크푸르트와 구별하는 의미입니다. 하지만 일반적으로 언급되는 프랑크푸르트는 마인 강 근처의 이곳이에요. 전 세계 대부분의 항공사가 취항하는 도시라 유럽 어느 도시로든 이동하기 좋고, 세계적인 금융사들이 밀집해 있어서 각 국에서 온 주재원들도 많다는 군요. 그래서인지 프랑크푸르트 공항은 들고 나는 사람들로 여전히 붐비네요.

제가 프랑크푸르트를 이번 여행의 첫 목적지로 선택한 데

프랑크푸르트에 있는 유럽 중앙 은행 건물.

는 특별한 이유가 있습니다. 꼭 만나고 싶은 사람이 있기 때문이에요.

이성과 감성의 어디쯤

그는 바로 독일 사상의 대표자인 요한 볼프강 폰 괴테(Johann Wolfgang von Goethe, 1749~1832)입니다. 괴테는 이곳 프랑크푸르트에서 태어났어요. 아버지는 엄격한 법률가였고, 시장의 딸인 어머니는 명랑하고 성격이 아주 좋았답니다. 그야말로 금수저를 물고 태어난 엄친아였던 거죠. 그의 대표작인 《파우스트》는 클래식 음악에서도 단골 소재예요. 그러나 작품을 제대로 이해해야만 연주를 할 수 있는 곡들이 많아요.

괴테는 라이프치히에서 법학을 공부했지만 문학에 조예가 깊었고 산문뿐만 아니라 시에도 능통했으며 클래식 음악을 아주 사랑했습니다. 유명한 지휘자 다니엘 바렌보임이 이스라엘과 중동의 학생들을 주축으로 만든 '서동시집 오케스트라'는 바로 괴테의 시작품 《서동시집》에서 이름을 따 온 것입니다.

악성 베토벤과 시성 괴테에 얽힌 이야기도 정말 많지요. 나이는 많지만 사상이 젊은 괴테는 스물한 살이나 적은 베토벤을 경계하면서도 존경했습니다. 베토벤은 괴테의 비극적인 작품 《에그몬트》에 깊은 감명을 받아 '에그몬트 서곡'을

요한 볼프강 폰 괴테.

작곡했고요.

독일은 법학·철학·문학·신학, 그리고 음악까지 골고루 잘 발달된 나라입니다. 특히 프랑크푸르트는 괴테에 관심이 있는 사람이라면 볼거리가 많은 곳입니다. 이곳에서 출발해 라이프치히를 거쳐 드레스덴까지 이어지는 그 유명한 괴테 가도Goethe Route의 출발지이기도 하고요.

시간이 충분치 않다면 중앙역에서 가까운 프랑크푸르트 시청사와 과거에 로마인들이 살았던 뢰머 광장만 둘러봐도 좋아요. 저 역시 처음에 아무 지식 없이 왔을 땐 광장에서 맛있는 소시지 하나 사 먹고, 목조건물 앞에서 사진 한 장 찍고는 횡하니 떠났으니까요. 분홍색으로 칠해진 예쁜 집이 시청사인 줄도 모르고 과자 파는 집이겠거니 하며 지나갔어요. 하물며 정의의 여신 유스티티아가 들고 있는 칼과 저울은 보지도 않고 '뉴욕처럼 프랑크푸르트에도 여신상이 있구나' 했으니까요. 그게 다 역사적 의미가 깊은 것들이었는데 말입니다.

괴테의 유년 시절이 느껴지는 괴테 생가를 둘러보았습니다. 이것저것 열심히 설명을 해줘도 아이는 별 반응이 없어요. 괴테를 잘 모르니 당연하지요. 엄청 똑똑했고 글도 잘 써서 훌륭한 작품을 많이 남겼다고, 일부러 힘을 주며 얘기했더니 그제야 한마디 하네요.

"그 선생님은 엄마 말 잘 들었어요?"

그러고 보면 괴테의 엄마는 아들 키우기가 쉽지 않았을 겁니다. 자유분방한 삶을 살다 각혈을 해서 라이프치히에서 하던 법학 공부를 접고 고향으로 돌아왔고, 우울감에 빠져서 오랫동안 방황을 했어요. 여러 여성들과 해서는 안 될 사랑도 많이 했지요. 어린 아들에게 자세한 이야기를 할 순 없지만 그런 괴테를 생각해보면 저는 그냥 밝고 건강하게 잘 자라 주는 제 아이가 훨씬 고맙습니다. 아이의 질문에 답을 하자면, '엄마 말 잘 안 들었던 아들 괴테'였을 거예요. 엄마 말을 너무 잘 들어도 안 되고 너무 안 들어도 안 되고…, 아이 키우기란 정말 어렵습니다.

아무튼 괴테는 이성과 감성 어디쯤에선가 살다 간 사람입니다. 어찌 보면 너무 이성적이고 어찌 보면 너무 감성적인 독일인답게요.

만하임 Mannheim

괴테의 도시 프랑크푸르트를 둘러봤으니 이제 음악과 학문의 정취를 느낄 수 있는 프랑크푸르트 근교로 떠납니다. 프랑크푸르트 중앙역에서 아침 일찍 기차를 타고 만하임으로 갔습니다. 출발 시간이 맞지 않아 보통열차를 탔는데, 1시간 30분이 생각보다 길게 느껴지진 않네요. 시간 여유가 있다면 일부러라도 이 기차를 타고 차창 밖 시골 풍경을 감상하는 것도 좋겠습니다.

만하임 악파의 본거지

만하임과 하이델베르크는 같은 주에 속해 있지만 느낌은 사뭇 다른 도시입니다. 대부분의 관광객은 프랑크푸르트를 거쳐 영화 〈황태자의 첫사랑〉의 배경지인 하이델베르크만 보고 갑니다. 음악인이 아니라면 저도 그랬을 거예요. 하지만 만하임은 서양음악사에서 중요한 도시입니다. 많은 업적을 남긴 '만하임 악파Mannheimer schule'의 숨결을 간직하고 있거든요. 음악인들에겐 큰 의미가 있는 곳이죠.

만하임 악파는 바이에른의 선제후 카를 테오도르(Karl Theodor, 1724~1799)가 만든 것입니다. 선제후란 독일 황제를 뽑는 선거권이 있는 제후로, 정치적으로 막강한 힘을 갖고 있는 사람이에요. 그는 음악에 애정이 깊어서 최고 수준의 악단을 늘 곁에 두고 싶었습니다. 만하임 악파는 악장인 작곡가 요한 슈타미츠(Johann Stamitz, 1717~1757)와 50여 명의 단원으로 조직되었고, 카를 테오도르 선제후가 1778년에 뮌헨으로 이주할 때까지 만하임에서 활동을 했습니다.

어찌 보면 한 사람의 지도자가 문화의 흐름을 바꾼 것이지요. 하이든이나 모차르트도 이 악파로부터 많은 영향을 받았습니다. 특히 모차르트는 21세 때인 1777년에 어머니와 함께 이곳 만하임에 머물면서 많은 영감을 얻었는데, 부인 콘스탄체를 만난 곳도 바로 여기였어요. 그녀는 모차르트가 머물렀던 여관집 주인 베버 씨의 딸이었지요. 사실 모차르트가 처음에 반한 사람은 콘스탄체의 언니인 소프라노 알로이지아 베버였지만, 결혼은 동생과 했어요. 자세한 내막은 알 수 없지만 역시 첫사랑은 이루어지지 않네요.

모차르트는 여러 곳을 여행하는 동안 지인들에게 쓴 편지에 이 도시를 자주 언급했습니다. 천재 모차르트도 어머니와 함께 했던 만하임 여행에서 많은 영감을 얻었으니 제 아들도 그러면 좋겠는데, 저의 기대와 달리 아들은 만하임을 별로 좋아하지 않는군요. 아이 입맛에 맞는 여행지가 아니라서 그럴까요? 얼른 소시지라도 하나 사주면서 분위기를 바꿔봐야겠어요.

모차르트 '신포니아 콘체르탄테(협주 교향곡)', K. 364, 2악장

만하임에서 꼭 들어봐야 할 곡이 있습니다. 바로 모차르트가 만하임 악파의 영향을 받아 작곡한 '신포니아 콘체르탄테'입니다. 이 곡은 그가 만하임과 뮌헨을 여행하고 고향인 잘츠부르크에 돌아와서 작곡한 것입니다. 전체 3악장으로 구성되어 있는데, 특히 2악장은 홍난파 선생의 '울 밑에 선 봉선화'의 첫 소절과 선율이 비슷해서 기억하기 쉽습니다.

'신포니아 콘체르탄테'는 협주 교향곡이라는 뜻입니다. 하이든·모차르트·베토벤 등이 활동했던 고전시대 음악의 한 종류로, 협주곡과 교향곡이 섞인 형태입니다. 원래 협주곡이란 하나 또는 그 이상의 독주자들이 독주 부분을 연주하고 오케스트라는 반주를 하는 형식인데요, 협주 교향곡은 형식면에서는 협주곡과 비슷하지만 내용면에서는 독주 악기군이

오케스트라와는 다른 주제를 연주한다는 점에서 협주곡과 구분됩니다. 전형적인 협주곡들처럼 독주 악기들이 부각되지 않고 어떤 부분에서는 오히려 교향곡과 매우 비슷합니다.

고전 시대 이전 바로크 시대까지는 협주곡(콘체르토)과 교향곡(심포니 또는 신포니아)의 구분이 명확하지 않았습니다. 무대 음악을 위한 서곡에 신포니아라는 이름이 붙기도 했고, 안토니오 비발디는 뚜렷한 독주 악기가 없는 협주곡을 여러 곡 작곡했습니다. 신포니아 콘체르탄체와 비슷한 형식으로 바로크 시대에 콘체르토 그로소(합주 협주곡)가 있어요. 고전 시대에 이르러 교향곡과 협주곡은 보다 명확하게 나뉘어졌고, 콘체르토 그로소도 사라졌습니다. 18세기 후반에 만하임 악파 등의 작곡가들이 이 두 장르의 혼합을 시도하였고, 그 영향을 받은 볼프강 아마데우스 모차르트는 신포니아 콘체르탄테를 작곡하는 데 상당한 노력을 기울였습니다. 모차르트의 신포니에타 작품 중 가장 유명한 '바이올린과 비올라를 위한 신포니아 콘체르탄테, E♭ 장조', K. 364는 그가 작곡한 그대로 남아 있는 유일한 곡으로 알려져 있습니다.

아이와 함께 전곡을 들으면 정말 좋겠지만, 2악장만이라도 꼭 들어보시길 바랍니다.

하이델베르크Heidelberg

만하임에서 하이델베르크까지는 기차로 20분 정도 걸립니다. 하이델베르크는 대학도시로 유명하지요. 낭만주의 작곡가 로베르트 슈만(Robert Schumann, 1810~1856)도 여기서 일 년 동안 법학을 공부했습니다. 그가 작품 '나비(Papillons, op. 2)'를 작곡하며 머물렀던 집Schumann haus이 구시가지에 있어요.

철학과 음악이 있는 신성한 도시

하이델베르크라는 이름은 '신성한 산'이라는 뜻의 독일어 '하일리겐베르크Heiligenberg'에서 유래를 찾을 수 있습니다. 독일에서 가장 오래된 대학이 있는 이곳은 그래서인지 아우라가 느껴지고 신성한 기운이 물씬 풍겨요. 푸른 숲과 잘 생긴 나무들로 둘러싸인 고성과 구시가지가 한 폭의 그림 같습니다. 중앙역에서 하이델베르크 성으로 갈 때는 작은 등산열차인 푸니쿨라를 타고, 다시 역으로 돌아갈 때는 슬슬 걸어가면서 학생 감옥도 둘러보면 좋아요.

하이델베르크 성에서는 1618년에 시작된 독일 개신교와 로마 가톨릭교 간에 벌어진 30년 전쟁의 흔적을 곳곳에서 느낄 수 있습니다. 1764년에는 낙뢰로 성의 일부가 훼손됐는데, 지금도 그 상태 그대로 있어요. 성 아래에 있는 학생 감옥을 보며 아이에게 옛날에 학생들이 공부를 안 하거나 술 먹고 떠들면 가둬서 벌을 줬던 곳이라고 설명해주니, 아이가 공부 열심히 해야겠다고 다짐하네요.

흰 쌍둥이 탑이 양쪽으로 서 있는 카를 테오도르 다리를 건너 신시가지로 오면 철학자의 길이 있습니다. 길을 따라 올라가며 저도 철학자처럼 생각에 잠겨보려 했으나, 그러기엔 아래로 보이는 네카 강과 구시가지의 빨간 지붕들이 너무 아름다워요. 새벽 이슬방울 맺힐 때 혼자 오면 참 좋겠다는 생각이 잠시 들었습니다. 철학자의 길에서 느끼는 새벽의 적요寂寥!

독일의 대문호 괴테, 독일 철학의 대표자들인 헤겔과 야스퍼스. 빛나는 한 때에 이곳 하이델베르크에 머물렀던 그들의

구시가지와 신시가지 사이를 흐르는 네카 강.

하이델베르크 성의 훼손 부분.

삶이 녹아 있는 철학자의 길. 저도 20년 전 처음으로 하이델 베르크에 왔을 땐 이 길을 걸으며 참 많은 생각을 했었습니다. 앞으로 어떤 일을 할 수 있을지, 누구를 만나게 될지. 어떻게 살 것인지. 희망만으로 미래를 계획했던 그 순간들이 그립기도 하고 살짝 유치하기도 하지만, 정해진 답 없이 자연스럽게 흘러간 인생을 돌아보면 그때 그 생각들은 어쩌면 바람이었겠지요. 이런 일을 하고 싶고, 이런 사람을 만나 이렇게 살고 싶다는 저의 바람 말입니다.

슈만의 피아노곡 '나비', op. 2

슈만은 하이델베르크에서 법학을 공부하던 중에 '나비'를 작곡하기 시작했습니다. 이 곡은 짧은 서곡과 12개의 환상적인 소품으로 구성되었는데, 슈만이 독일의 낭만주의 작가 장 폴 리히터의 미완성 장편소설 《개구쟁이 시절Flegeljahre》의 마지막 장인 〈애벌레의 춤〉에서 영감을 받았다고 해요. 이 소설에는 발트와 불트라는 쌍둥이 형제가 등장합니다. 형제는 가면 무도회장에서 아름다운 소녀 비나에게 사랑을 표현하지요. 두 형제는 서로 정반대의 성격을 갖고 있어요. 우리 주변에도 형제지만 성격이 매우 다른 아이들이 있잖아요. 이 곡을 듣다보면 그런 아이 둘이 함께 노는 모습이 떠오릅니다.

슈만은 이 곡을 1829~1831년에 작곡하여 1832년에 출판

했습니다. 서곡을 제외한 12개의 곡에는 '1-가면 무도회, 2-발트, 3-불트, 4-가면, 5-비나, 6-불트의 춤, 7-가면을 교환하다, 8-고백, 9-분노, 10-가면을 벗기다, 11-헤어짐, 12-사라진 형제들'이라는 부제가 붙어 있어요. 원래는 부제가 없었는데, 당대에 활동했던 볼롬 필드-자이슬러라는 피아니스트가 이 곡을 연주하며 연주회 프로그램에 제목을 붙인 것이 지금까지 전해져 내려온 겁니다. 작품에 제목을 붙이는 것을 싫어한 슈만은 달가워하지 않겠지만, 자이슬러 덕택에 곡의 내용과 성격이 좀 더 분명하게 느껴져요.

남성적이고 격렬한 주제가 등장하는 화려한 부분들이 있고 이어서 여성적인 느낌이 나오다가 12번째 곡에서는 무도회장의 왈츠와 행진곡이 울려 퍼지고 여운을 남기며 하루가 끝남을 알립니다.

이 곡은 그리 길지 않고 '나비'라는 친근한 제목때문에도 아이들이 듣기에 좋습니다. 하이델베르크에 가면 이 곡을 꼭 들어보세요. 그러면서 200년 전 슈만에게로 돌아가 봐요. 일찍이 음악에 재능을 나타내 7세에 작곡을 시작했지만 어머니의 뜻에 따라 법학을 공부하던 슈만. 그러나 결국 음악에의 꿈을 접지 못한 그는 법학을 포기하고 라이프치히로 돌아갑니다. 역시 사람은 하고 싶은 일을 하면서 살아야 해요. 그러

하이델베르크 대학 도서관.

고 보니 음악가 중에 법학을 공부한 사람, 법학도 중에 음악을 좋아한 사람들이 제법 있어요. 슈만과 차이코프스키, 괴테와 니체가 그렇지요.

법과 음악의 조우! 너무 멋있지 않나요? 이성적인 법과 감성적인 음악이 조화를 이룹니다. 200년 전에도 우리가 사랑하는 작곡가들은 이성적인 좌뇌와 감성적인 우뇌를 골고루 쓰는 좌우뇌형 인간이었네요.

가면무도회나 달빛, 나비 무곡, 광대, 어린이… 같은 소재
는 슈만에게 굉장한 영감을 주었습니다. 어찌 보면 조금 엉뚱
한 소재들이지요. 그래서 슈만의 어떤 곡들은 들을 때 바로
이해가 잘 안 되기도 합니다. 하지만 그런 취향 덕택에 슈만
은 남들과 다른 자신만의 음악을 만들었는지도 모릅니다. 이
상한 사람이 아니라 다른 사람인 거죠.

저는 이 곡을 들을 때면 상상력이 주는 무한 영감의 힘을
느낍니다. 아이가 혼자 노는 시간에 하는 공상과 망상은 자기
를 표현하는 강력한 수단이 된다는군요. 저의 아이도 인형들
에게 이름 붙이며 노는 역할극을 아주 좋아하는데, 앞으로는
아이의 그런 시간들을 방해하지 말고 좀 더 지켜봐줘야겠어
요. 나중에 슈만 같은 위대한 예술가가 될지 모르니 말입니다.

하이델베르크에서 만난 인생의 선생님

여행 중에 도움이 되는 사람을 만나는 것은 큰 행운이지
요. 저희에게는 하이델베르크에서 만난 귄터 할아버지가 바
로 그런 분이었습니다. 성 입구에서 입장권을 사고 구경을 막
시작하려던 찰나였어요. 어떤 할아버지 한 분이 저희를 빤히
바라보시더니 한국어를 하며 다가오셨어요. 젊은 사람도 아
니고 나이 든 외국인이 한국어를 하다니요. 한국어를 유창하
게 하시기에 부인이 한국인인가 했더니 순전히 독학으로 배

하이델베르크 성에서 만난 귄터 할아버지.

웠답니다. 딸이 교환교수로 한국의 대학에서 독문학을 가르
쳤는데, 그때 자신도 한국어를 배우기 시작했다고요. 저희만
괜찮다면 함께 성 안을 둘러보며 설명을 해주고 싶다고 제안
하셨어요. 아이고야! 저희는 대충 책에서 익힌 내용만 보고
느끼고 가려했는데, 현장에서 한국어로 설명을 듣게 되었으
니 오히려 감사할 일이죠. 날씨가 꽤 덥고 사람들이 많아 지
치실 법도 한데, 할아버지는 이곳저곳으로 우리를 안내하며

열심히 설명을 해주셨어요.

엘리자베스 문과 프리드리히 관을 거쳐 지하실에 있는 큰 와인 저장통 앞에 도착했습니다. '파스 바우'라고 불리는 이 건물의 지하에는 1751년 전쟁 당시 식수가 부족할 것을 대비하여 만든 세계에서 가장 큰 와인통이 있습니다. 높이가 8미터이고 22만 리터의 술을 담을 수 있다는 와인통 '그로쎄스 파스Grosses Fass!' 그 앞에서 서보면 크기를 실감합니다. 아들이 통 안에 한 번 들어가 보고 싶다고 졸라서 진짜 빠뜨릴 뻔했습니다! 매일 술에 취해 있는 와인통 지킴이 페르케오의 모형과 그를 깨우기 위한 알람시계가 통 앞에 놓여 있습니다. 건강을 생각해서 금주를 명했는데 술 끊은 다음 날 죽고야 말았다니, 정말 사람은 자기 식대로 살아야 하나 봐요. 역시 인생이란 끝없이 나를 알아가는 여행입니다. 이십대에 왔을 때는 이곳에서 와인도 한 잔 마셨는데, 오늘은 주스로 대신합니다.

관광객이 많아 매우 복잡했는데도 박학다식한 귄터 할아버지 덕택에 성 구석구석을 잘 돌아볼 수 있었습니다. 성 뒤쪽에는 괴테가 은행나무 밑에서 유부녀와의 이루지 못할 사랑을 꿈꿨다는 정원이 있습니다. 가을이면 낙엽이 우수수 흩날려서 운치가 더한다네요.

이제 슬슬 성을 떠나야 합니다. 할아버지는 저희와 헤어지는 게 아쉬운지 본인의 카메라로 함께 사진을 찍자고 하십니다. 정말 친할아버지 같은 느낌이었어요. 매년 여름밤엔 이 하이델베르크 성에서 불꽃놀이가 펼쳐진다며, 밤에 꼭 보라고 신신당부하셨어요. 구경하기에 제일 좋은 위치는 철학자의 길 위쪽이라는 것까지 알려주시면서요. 81세 귄터 할아버지의 향학열과 학구열 그리고 열정이 존경스러웠습니다.

'배움에 나이가 무슨 소용이랴! 게으른 자여, 나이 탓하지 말라!!!'는 명언이 제 마음속에서 쟁쟁하게 들렸습니다. 할아버지와의 이별은 아쉬웠지만 낙엽 쌓이는 가을에 또 오기로 약속하며 헤어집니다. "할아버지! 안녕히 계세요!"

라이프치히Leipzig

독일의 동쪽 지역에는 이번 여행에서 아이에게 가장 많은 것을 보여주고 싶은 도시 라이프치히Leipzig가 있습니다. 독일로 유학을 온 저는 서쪽에 있는 쾰른Köln에서 공부를 시작했고, 이후 박사과정을 라이프치히에서 보냈습니다.

악기를 집에 두고 연습을 해야 하는 피아노 전공자들은 기숙사나 아파트에 살기가 어렵습니다. 그래서 라이프치히에서도 주택의 방을 구해야 했는데, 그게 생각보다 쉽지 않았어요. 그러다보니 쾰른에서 라이프치히까지 그 먼 길을 한동안 통학을 해야 했어요. 힘들었지만 매번 다니다 보니 정들었던 기찻길이에요. 이번에는 초고속 열차(ICE)를 타고 아이와 함께 그 길로 떠나봅니다.

라이프치히 중앙역.

프랑크푸르트에서 태어난 괴테 역시 이 길을 따라 라이프치히로 바이마르로 여행을 했습니다. 라이프치히는 청년시절에 법학을 공부한 곳이고, 바이마르는 만년에 거주했던 도시예요. 그래서 이 기찻길을 괴테 가도라고 부르지요. 곳곳에서 괴테의 흔적을 찾을 수 있습니다.

지금은 많이 개선되었다지만, 라이프치히는 90년대 후반까지만 해도 동양 여성들에겐 위험한 곳이었습니다. 기찻길도 프랑크푸르트에서 동쪽으로 가는 길은 서쪽으로 가는 길에 비해 상당히 구불구불하고 분위기가 음침했고요. 그런저런 기억들 때문에 조금 긴장한 채 라이프치히에 왔는데, 막상 중앙역에서부터 대반전이었습니다. 3000개의 기둥으로 둘러싸인 역의 규모도 엄청났을 뿐만 아니라, 이전 동독의 잔재는 찾아볼 수 없을 만큼 현대적인 모습이었어요.

공항처럼 큰 중앙역을 빠져나오니 국영방송인 MDR(Mitteldeutscher Rundfunk, 중부독일 방송) 건물이 바로 눈앞에 있네요. 원래 이 건물은 라이프치히 대학의 일부로 건축되었으나 재정난으로 MDR에 매각되었다는군요. 정식 명칭은 시티 호흐 하우스City Hochhaus지만 라이프치히 사람들은 우니리제Uniriese라는 애칭으로 불러요. 독일어로 우니Uni는 '대학'을, 리제der Riese는 '거인'을 뜻하니 우니리제는 '대학 안의 큰 건물'이라는 의미입니다.

라이프치히가 독일 내 출판·인쇄업의 중심지임을 입증하듯 음악가들이 보는 악보는 라이프치히에서 만든 것들이 많습니다. 세계 최초의 일간 신문인 〈라이프치거 차이퉁겐 Leipziger Zeitungen〉이 만들어진 곳도 바로 라이프치히입니다. 작곡가 슈만도 이곳에서 〈음악 신보Neue Musikzeitung〉라는 신문을 만들었지요. 그러고 보면 아이들이 학교에서 신문 만들기 하는 것도 참 좋은 활동 같아요. 생각을 정리해서 글로 옮기고, 또 그것을 신문이나 책의 형태로 만들어보면 배우는 게 많을 거예요. 저도 이번 여행을 마치고 나면 아이에게 '펠릭

펼친 책 모양의 MDR 건물.

스의 클래식 음악 신문'을 만들어 보라고 해야겠어요. 한다고
할지 모르지만요.

함께 있다 보면 아이들의 시선은 참 자유롭다는 걸 느낍니
다. 읽다가 펼쳐놓은 책 모양 같은 우니리제 건물에 대해 아
무 설명도 하지 않았는데, 아이는 《걸리버 여행기》에 나오는
대인국 사람들의 책 같다며 신기해해요. 이 건물이 책 모양인
것을 언뜻 봐서는 알기 어려운데, 책을 좋아하는 아이라 그런
지 바로 알아보네요. 우니리제 안에 있는 파노라마 레스토랑
에서 라이프치히의 야경을 감상하며 식사하는 것도 참 근사
할 것 같아요.

중앙역에 붙어있는 게반트하우스 오케스트라 홍보 간판.

MDR 건물을 지나 시내 중심가로 들어서면 라이프치히 대학과 오페라 하우스 그리고 유럽 클래식 음악의 본거지인 게반트하우스 콘서트홀이 나옵니다. 독일에서 공부할 때 가장 부러웠던 것은 문화와 예술을 자연스럽게 즐기는 독일인들의 삶의 방식이었습니다. 문화시설들을 도시 한복판에 배치한 도시 설계 개념과, 덕택에 예술이 일상의 삶에 자연스레 들어와 있는 그들의 문화를 느낄 수 있었어요. 우리나라도 예전에 비해 문화예술교육의 중요성에 대한 인식이 많이 확산되고 있지만 여전히 개선되어야 할 부분이 많음을 현장에서 자주 느낍니다. 보이는 교육이 아니라 진심으로 느낄 수 있는

라이프치히 국립음악대학.

아들과 함께 라이프치히 국립음악대학 앞에서.

교육을 함으로써 아이들에게 좋은 영향을 줄 수 있기를. 곳곳의 작은 공연장부터 대형 공연장 들까지 모두가 꼭 그 꿈을 실현해 주리라 기대해요. 저 역시 책임감을 가지고 열심히 노력할 거고요.

라이프치히는 클래식 음악의 성지이자 도시 전체가 서양 음악사의 살아있는 현장입니다. 세계에서 가장 오래된 민간 오케스트라인 게반트하우스 오케스트라Leipzig Gewandhaus Orchestra가 있고, 이름만 들어도 심쿵하는 바흐 · 멘델스존 · 슈만이 활동했던 곳입니다. 또한 세기의 매력남 리하르트 바그너의 고향이기도 하지요. 시내로 더 들어가면 그라시 거리 4번지에 펠릭스 멘델스존 바르톨디 음악 연극대학(Hochschule für Musik und Theater 'Felix Mendelssohn Bartholdy' Leipzig)이 있습니다.

유학시절에 저는 멘델스존이 세운 음악대학에서 열심히 음악가의 꿈을 키웠고, 게반트하우스를 동네 마실 다니듯 자주 드나들었습니다. 괴테의 《파우스트》에 나오는 아우어바흐 켈러 주점에서 친구들과 함께 맥주를 마시며 미래를 꿈꾸었지요. 저는 지금 꿈과 낭만과 젊음이 있던 그 도시에 추억여행을 왔습니다. 진짜 가슴 떨리게 아름다운 밤이네요.

바흐 〈관현악 모음곡 3번〉 중 '아리아'(G선상의 아리아)

바흐의 고장인 라이프치히에서 제일 먼저 소개하고 싶은 곡은 〈관현악 모음곡 3번〉의 2악장에 나오는 아리아입니다. 'G선상의 아리아'로 잘 알려져 있지요. 제목은 모르더라도 워낙 유명한 멜로디라 들으면 금방 "아~ 이곡" 하실 겁니다. 광고나 영화뿐만 아니라 만화에도 즐겨 사용되는 음악이니까요.

이 곡은 바흐가 작곡한 〈관현악 모음곡 3번〉의 2악장에 나오는 '에어'를 독일의 바이올리니스트 빌헬미가 바이올린 독주곡으로 편곡한 것입니다. 바이올린은 모두 네 줄로 이루어져 있고, 각 줄은 음역대별로 각각 G,D,A,E선이라 부르는데, 그중 가장 낮은 음역을 내는 G선으로 연주하는 아리아입니다. 'G선상의 아리아'는 일종의 부제이지요. 이 곡은 바흐의 작품이라기보다 빌헬미의 작품이라고 주장하는 사람들도 있지만 원곡이 없었으면 편곡도 불가능했겠지요.

18세기 중반 이전의 고전 모음곡은 주로 춤곡 악장들로 이루어진 체계적인 형식의 음악이었습니다. 보통 빠르기의 독일 춤곡 '알르망드'와 조금 빠른 프랑스 춤곡 '쿠랑트', 느린 스페인 춤곡 '사라반드', 그리고 아주 빠른 영국 춤곡 '지그'라는 악장들이 하나의 세트로 구성되어야 고전 모음곡으로

서 자격을 얻게 됩니다. 때에 따라서는 네 가지 기본 춤곡에 '미뉴에트'와 '루레', '가보트' 등의 춤곡들이 추가되기도 합니다. 그리고 모음곡은 주로 류트라는 현악기를 위한 음악이었어요.

그러던 모음곡이 바흐에 와서 매우 다양한 형태로 발전합니다. 특히 여러 악기의 소리에 관심이 많았던 바흐인지라, 바흐의 관현악 모음곡에서는 오보에·바순·플루트·현악기 등이 화려하게 빛을 발합니다. 모음곡은 이탈리아에서는 '파르티타partita'라 불리기도 했는데, 바흐는 '파르티타'라는 이름의 모음곡도 작곡했습니다. 바이올린 독주를 위한 세 곡의 파르티타가 대표적이지요.

저는 바흐를 너무 좋아해서 임신 중에도 이 관현악 모음곡을 많이 들었습니다. 그래서인지 아이는 아직도 이 곡을 자장가 삼아 자곤 합니다. 곡의 템포가 차분하고 멜로디들이 인접음으로 조용조용 움직여서, 듣다 보면 심장 박동수가 줄어들면서 스르르 눈이 감깁니다.

〈동감〉이라는 영화가 있어요. 1979년에 사는 여자와 2000년에 사는 남자가 시간을 초월해서 서로 사랑하는 영화인데, 거기서도 이 곡이 배경음악으로 등장합니다. 서로가 느끼는 감정을 하나가 되게 만드는 음악. 400년 전의 바흐와 21세기의 저희도 이 음악으로 하나가 됩니다.

아! 참고로 우리나라 공공기관에서 가장 즐겨 트는 클래식 음악인 것도 같습니다. 누군가는 화장실에서 이 음악을 들으면 신진 대사가 원활해져서 성공적으로 일을 볼 수 있다고 하더군요. 실험해 볼만 하지 않나요?

어쩌다 그날 바흐를 듣고야 말았을까?

어떤 미래를 선택해야 할지 고민만 할 뿐 그 어떤 결정도 내리지 못하고 갈팡질팡하던 2000년 여름. 머리도 식힐 겸 뭔가 운명의 결정타를 기대하며 선배가 있는 라이프치히에 갔습니다. 그때만 해도 제 인생에 라이프치히라는 도시가 어떤 영향을 끼칠지 전혀 예상하지 못했지요.

음악을 전공한다는 것이 얼마나 많은 제약과 어려움을 짊어져야 하는 것인지, 그 현실적인 책임을 몰랐던 처음이 그리웠습니다. 불안한 마음과 온갖 비관적인 생각으로 라이프치히에 도착했어요. 마음이 지옥같았는데 공교롭게도 선배와의 약속이 어긋나는 바람에 저는 오후 몇 시간 동안 혼자 있어야 했습니다.

외딴 도시에서 불안한 눈빛으로 서 있는 동양 여학생, 지금 생각하면 딱 그 모습이었어요. 선배만 믿고 지도 한 장 없이 왔는데 어디서 뭘 하며 기다려야 할지 도통 생각이 떠오르지 않았습니다. 다행히 날씨가 아주 좋아서 아무 카페에나

들어가 마냥 앉아 있어도 나쁘지 않겠다는 생각이 언뜻 들었습니다. 어디를 갈까 두리번거리며 시내 중심가로 걸어가는데, 어디선가 음악소리가 들렸어요. 유럽에서는 흔하고 흔한 게 거리의 악사라지만, 그날 그 음악은 좀 달랐습니다.

바흐의 곡은 클래식 음악을 공부하면서 부지기수로 들었음에도 불구하고, 그날 바흐의 그 곡은 정말 성령이 임하는 느낌이었습니다. 소리 나는 쪽으로 가보니 어느 교회 앞에 많은 사람들이 모여 관현악단의 연주를 듣고 있더군요. 모두가 바흐의 전신 동상을 둘러싸고 앉아 마치 전능한 음악의 신을 지켜보듯 집중하고 있었습니다. 알고 보니 그 교회는 바흐가 인생의 마지막을 보냈던 토마스 교회Thomas Kirche였고, 그 음악회는 바흐를 기리는 축제인 '바흐 페스티벌Bach Festival'의 일부였습니다.

라이프치히 시민뿐만 아니라 전 세계에서 온 바흐 팬들이 함께한 듯했습니다. 저도 한참 서서 들었습니다. 제 삶을 위한 중요한 결정을 해야 했기에 누구라도 현명한 조언을 해주기를 바라던 시점이었는데, 저는 그날 바흐를 듣고야 말았습니다. 독일 행을 택했던 그날처럼, 저는 또 한 번 심장에서 들리는 소리에 귀를 기울였습니다.

토마스 교회에서 열리는 바흐 오르간 페스티벌.

　'바흐 페스티벌'은 라이프치히에서 매년 6월에 열흘 동안 열리는 클래식 음악 축제입니다. 바흐가 합창 감독을 맡았던 토마스 교회 소년합창단의 연주로 시작하지요. 1212년에 창단된 토마스 교회 소년합창단은 빈 소년합창단과 함께 세계 3대 소년 합창단 중 하나로 오랜 역사와 전통을 자랑합니다. 아이들의 목소리는 천사의 소리라고 느낄 만큼 아름다워요. 무대 위에서는 의젓하던 아이들이 연주가 끝나면 언제 그랬냐는 듯 철부지들로 돌아가는 모습도 참 귀엽고요. 뛰고 넘어지고 친구들과 몸 장난을 치는 것을 보면 동·서양을 막론하고 남자아이들 노는 모습은 비슷해요.

페스티벌 기간 동안 도시 곳곳에서 많은 연주회가 열립니다만, 주요 행사들은 주로 토마스 교회, 니콜라이 교회, 게반트하우스 그리고 라이프치히 오페라 하우스에서 진행됩니다.

라이프치히 음대 교정에도 페스티벌 기간에는 많은 관광객이 드나들어서 학생인 저도 축제의 중심에 서 있는 기분이 들었어요. 축제 기간 중에 바흐 콩쿠르도 열리는데요, 라이프치히 음악대학 교수님들 대부분은 그 콩쿠르의 수상자입니다. 그런 분들한테 바흐 음악을 배웠다는 것을 저는 지금도 영광으로 생각합니다. 바흐와 함께하는 열흘 동안의 여행은 토마스 교회에서 바흐의 'B단조 미사'를 끝으로 막을 내립니다.

신을 마주하는 일요일 아침

아이와 함께 라이프치히를 여행한다면 이 페스티벌의 자유로운 분위기를 경험해보는 것도 좋습니다. 한 곳에서 2시간 이상 집중해서 음악 감상하는 걸 힘들어하는 아이들에게 매우 편안한 축제입니다. 저도 오랜만에 아이와 함께 라이프치히에 와서 토마스 교회에 들렀습니다. 그동안 많은 비바람이 지나갔을 텐데도 토마스 교회는 묵묵히 제자리를 지키고 있더군요. 교회 앞의 바흐 동상도 여전합니다.

토마스 교회.

평생 신실함으로 위대한 음악을 만들고 우리에게 많은 것을 느끼게 해준 음악의 신 바흐. 바흐는 정녕 지상에 내려와 작곡가의 모습으로 태어난 신입니다. 페스티벌 기간이 아니어도 토마스 교회에서는 매주 금요일과 토요일에 바흐의 모테트 연주회가 열립니다. 라이프치히 게반트하우스 오케스트라가 연주하고 성 토마스 교회 소년합창단이 노래를 부르는데, 이 역시 감동적인 공연입니다.

모테트는 성경 구절을 노래로 표현하는 음악 설교예요. 미사와 모테트는 모두 종교적인 내용을 담고 있지만, 미사가 온전히 전례를 위한 음악이라면 모테트는 전례와 관계없는 노래도 많습니다. 공연 시작 45분 전부터 교회 입구에서 2유로를 내고 입장합니다. 선착순이니 좋은 자리에 앉으려면 일찍 가서 줄을 서야 해요.

라이프치히에 도착한 첫날부터 기다렸던 것이 토마스 교회의 일요 아침 미사였습니다. 한국에서 우연히 TV로 봤던 토마스 교회 여자 목사님은 TV에서와 똑같이 온화한 느낌이었습니다. 아이는 여자 목사님을 신기해하며 열심히 미사를 들었습니다.

그런데 이게 웬일입니까? 처음엔 잘 듣던 아이가 모르는 말로 진행되는 긴 미사가 지루한지 몸을 비비 꼬기 시작합니다. 아이고야! 조용히 앉아서 미사 보겠다고 아침에 그렇게 약속을 했건만, 거의 민폐 수준이네요! 할 수 없이 도중에 아이를 데리고 나와야 했습니다. 의자 끝에 앉아 우리를 바라본 80대 독일 할머니는 괜찮으니 계속 들으라고 하셨어요. 저는 감사하지만 나가는 게 좋겠다는 뜻을 전했습니다.

눈물을 머금고 교회 밖으로 나왔어요. 미사를 끝까지 보진 못했지만, 하느님께서는 다 지켜보셨으리라 생각해요. 짧은 시간이었지만 토마스 교회에 앉아 있던 그 순간 저는 신을 마주하고 있었습니다.

개혁과 혁명의 도시 라이프치히

끝까지 함께하지 못한 미사가 아쉬워 월요일 아침 일찍 다시 토마스 교회에 왔습니다. 교회 근처에 있는 바흐 박물관과 기념품 샵도 둘러보려고요. 그런데 아뿔싸! 이건 또 뭐랍니까? 박물관이 문을 닫았네요. 가고 싶다는 바람만 컸지 오늘이 월요일이라는 건 생각을 못했어요. 유럽에서는 대부분의 박물관과 미술관이 월요일에 문을 닫습니다. 바흐 박물관도 예외가 아니네요.

토마스 교회의 미사도 다 못 보고 바흐 박물관도 휴관인 것이 아쉽기만 하여 니콜라이 교회에 가보기로 합니다. 라이프치히에는 성 토마스 교회와 함께 개신교계의 양대 산맥을

종려나무 무늬가 조각되어 있는 니콜라이 교회.

이루는 중요한 교회가 있으니, 바로 니콜라이 교회입니다. 이
곳은 독일 통일의 발단이 된 곳이기도 합니다. 1989년에 시
작되어 1990년 10월 3일에 베를린 장벽을 무너뜨린 평화 혁
명이 이곳에서 시작되었거든요. 1165년에 처음 만들어진 이
교회는 종교개혁과도 인연이 깊은 곳입니다.

　종교개혁은 독일의 목사 마틴 루터가 부패한 로마 가톨릭
교회에서 면죄부를 판매하는 것을 지적하고 교회를 개혁하
기 위하여 1517년 10월 31일에 비텐베르크 교회 문에 95개
조의 반박문을 게시하며 불이 붙었습니다. 그로부터 지금의

신교 프로테스탄트 교회가 시작되었고, 2017년은 그 종교개혁이 일어난 지 500년이 된 해입니다. 1539년에는 마틴 루터가 이곳 니콜라이 교회에서 설교를 했고, 1784년부터 니콜라이 교회는 작센Sachsen 주 개신교의 본부 역할을 하고 있어요.

독일 통일도 종교개혁도 모두 뭔가를 바꿔보려는 시도에서 시작된 사건입니다. 예나 지금이나 변화를 위해서는 무엇인가를 누군가가 해야 했고, 한편으로는 누군가를 위한 것이기도 했습니다. 개혁은 혁명과는 달리 있는 것을 토대로 개선을 위해 앞으로 나아가는 것입니다. 그러나 그 어느 것도 절대 모두를 만족시키지는 못하지요. 교회 개혁을 위해 애쓴 루터의 발자취를 이곳에서 느껴봅니다.

오늘 저녁 니콜라이 교회에서 종교개혁 500주년 기념 음악회가 열린다는데 일정이 맞질 않아 못 볼 것 같아요. 아쉽지만 라이프치히의 니콜라이 교회에 와 있다는 것만으로 만족하려 합니다.

바흐 'B단조 미사', BWV. 232

바흐 음악 중 가장 위대하다는 B단조 미사는 1749년, 그의 나이 64세에 완성한 작품입니다. 이 곡은 교회의 전통을 따른 개신교 예배곡(루터교 미사곡)으로, 거의 25년에 걸쳐 만들어졌다고 합니다. 보통 사람 같으면 지쳐서라도 그만뒀을 텐데, 참으로 대단한 바흐입니다. 이 곡은 키리에·글로리아·크레도·상투스·아뉴스 데이의 5부로 구성되었는데, 음악 자체가 말할 수 없이 깊고 감동적입니다. 미사 음악에 대해 모르고 들어도 좋았지만 조금 알고 나서 들으니 더욱 좋더군요. 이번 기회에 아이와 함께 들어보세요. 전곡을 처음부터 듣기 부담스러우면 처음 두 곡만 들어보세요.

B단조 미사는 합창곡의 정수로 인정받는 곡입니다. 바흐가 인생 후반부에 27년 동안 근무한 라이프치히에서 최고의 작품을 만든 것이지요. 토마스 교회 음악감독의 지위는 역사와 전통을 자랑하는 명예로운 것이었는데, 전임자인 요한 쿠나우의 후임으로 많은 사람이 후보에 올랐지만 결국 바흐가 낙점되었습니다, 유난히 자식 사랑이 깊었던 바흐는 자신뿐만 아니라 자식들의 교육을 위해서도 이곳을 택했다고 해요. 여기에 유명한 대학이 있었기 때문이죠. 그렇게 해서 1723년 4월에 가족을 이끌고 라이프치히로 옮겨온 바흐는 교회와 토마스 학교의 임무에 관한 14조의 서약서에 서명을 합니다.

바흐는 개신교회의 음악을 정립하기 위해 많은 노력을 했고 다양한 예배곡을 만들었습니다. 독일은 구교 가톨릭과 개신교의 교회 음악 간에 큰 차이가 없습니다. 그래서 성당이 없는 지역의 유학생들은 독일 교회에 가서 예배를 드리기도 합니다. 이 B단조 미사 다섯 곡은 각각 다른 시기에 작곡된 것으로, 바흐 생전에는 한데 묶어서 연주된 적이 없다는군요. 앞의 키리에와 글로리아는 1733년에 작센 선제후에게 헌정되었는데, 이 곡은 자신을 임용해 달라고 부탁하는 구직 신청서였다지요. 궁정 작곡가의 칭호를 얻기 위해 작센 선제후에게 헌정했으니 말입니다. 예나 지금이나 예술가의 밥벌이는 녹록치 않습니다. 키리에는 '키리에 엘레이손'(Kyrie Eleison, '주님! 우리를 불쌍히 여기소서'라는 뜻의 기도문)을 뜻합니다. 어쩌면 이 미사곡은 바흐가 주님보다도 선제후에게 보내는 간절한 청원이었을지도 모릅니다.

가치와 철학이 만들어 낸 음악홀 게반트하우스

'시작이 반이다'라는 말이 있지요. 시작하는 것 자체가 그만큼 어렵기 때문일 겁니다. 그런데 일을 하다 보면 시작하는 것만큼이나 의지를 갖고 계속 하는 것도 어렵다는 걸 느낍니다. 처음에 의욕과 열정이 넘쳤어도 도중에 어렵고 힘든 일이 생기면 다 포기하고 싶습니다. 많은 어려움에도 불구하고 어떤 일을 오래 할 수 있는 건, 그 일에 가치를 두고 철

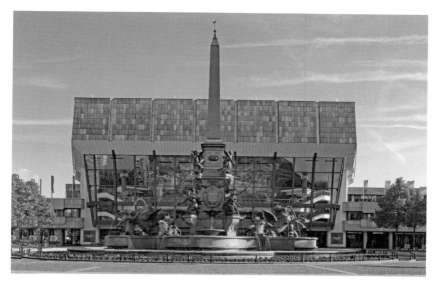

라이프치히 게반트하우스.

학을 갖고 있기 때문이겠지요. 독일에 살면서 가장 많이 배운 건 그들의 가치와 철학에 관한 생각이었어요. 게반트하우스의 시작은 가치와 철학이 만들어 낸 결과물입니다. 독일어 'Gewand'는 옷이나 직물을 뜻하고 'Haus'는 집을 의미하니 게반트하우스는 말 그대로 직물을 위한 집이지요. 아니 음악과 직물! 그러니까 음악과 옷이 무슨 관계가 있냐고요?

음악을 일상에서 즐길 줄 알았던 독일인들은 마음이 맞는 사람들이 모여 함께 연주하기 시작했습니다. 시간을 더 거슬러 가보면 서양음악의 아버지라고 불리는 바흐 시대에도 이런 사람들이 있었어요. 음악을 좋아하는 사람들이 콜레기움 무지쿰Collegium musicum이라는 단체를 만든 거지요.

당시 연주회는 매주 목요일 저녁 '세 마리 백조Zu den drei Schwäne'라는 이름의 여관에서 열렸습니다. 여관 이름도 참 귀엽지요. 아무튼 시작은 소박했지만 중간에 없어지거나 분열되지 않고 그 맥을 이어갑니다. 처음엔 카페나 여관 또는 개인의 집에서 열리던 연주회가 직물회관이라는 조금 더 큰 공간으로 옮겨갔지요. 그렇게 30년 정도 이어가다가 1781년에 드디어 무대를 게반트하우스로 옮긴 그들. 그 시간을 이겨낸 것이 정말 부럽습니다. 오래가는 것이 이기는 게 맞아요!

게반트하우스와 그곳에 상주하는 게반트하우스 오케스트라의 시작은 이러했습니다. 당시 오케스트라는 변호사·상인 등으로 구성된 라이프치히 시민들이 운영했는데요. 라이프치히는 대학과 출판 그리고 상업이 발달한 곳이라 일찍부터 중산층 문화가 탄탄했습니다. 클래식 음악을 어렵거나 멀게 느끼지 않고 삶 속에서 즐겼던 그 가치와 철학이 이런 문화를 꽃피게 한 것이지요.

현재 게반트하우스는 시내 중심가인 아우구스투스 광장을

사이에 두고 라이프치히 오페라극장(1960년 개관)과 마주 보고 서 있습니다. 아우구스투스 광장은 오페라 하우스, 라이프치히 대학, 라이프치히 방송국 등 다양한 문화와 예술의 산실이 공존하는 곳입니다.

유럽의 주요도시들은 보통 중앙역 반경 2킬로미터 이내에 주요 문화적 건물들이 모여 있습니다. 개보수와 전쟁에 의한 소실로 세 번째 개관을 한 지금의 게반트하우스는 라이프치히의 자랑이자 전 세계 음악인들의 보고입니다. 지난 1981년은 오케스트라가 창단 200주년을 맞는 뜻깊은 해였는데, 때 맞춰 열린 개관 공연에서 베토벤의 '합창 교향곡'을 연주했습니다. 당시 오케스트라의 단원 200명 중에서 호른 연주자가 13명이었다니, 다른 유명 오케스트라에 호른 연주자가 평균 3명인 것과 비교하면 그 규모가 어마어마함을 알 수 있어요. 게반트하우스 오케스트라의 수석 연주자들은 대부분 라이프치히 음악대학의 교수님들입니다. 그 시절이 참 그립네요. TV나 음반에서만 보던 연주자들에게 직접 배웠다는 것은 엄청난 영광입니다.

라이프치히 음악대장 펠릭스 멘델스존

게반트하우스 오케스트라에 빼놓을 수 없는 작곡가가 있어요. 바로 멘델스존입니다. 멘델스존은 1835년부터 1847년까

토마스 교회 앞의 바흐 동상.

지 라이프치히의 카펠마이스터(음악감독)로 활동했습니다. 라이프치히에서 열리는 모든 음악회를 다 관리하는 역할이지요. 라이프치히 게반트하우스 오케스트라를 지휘하면서 1841년에는 성 토마스 교회 합창단을 지휘해, 바흐 서거 이후 처음으로 바흐의 〈마태 수난곡St. Matthew Passion〉을 전곡 초연했습니다. 이건 정말 대단한 업적입니다. 바흐 선생이 심혈을 기울여 만들었으나 묻혀있던 곡을 멘델스존이 수년 동안의 리허설 끝에 제대로 무대에 올린 겁니다. 연주시간만도 세 시간이 넘게 걸리는 대작입니다. 다 듣기가 진짜 힘들어요. 멘델스존이 아니었더라면 이 역작이 쓰레기통으로 사라졌을지

멘델스존 생가 표지판.   멘델스존 생가 내부 서재.

도 모릅니다. 수난곡이 정말 수난을 당했을 뻔!

멘델스존은 그 2년 후엔 사재를 털어 성 토마스 교회 옆 광장에 세계 최초의 바흐 동상을 세웠어요. 멘델스존 집안이 아무리 엄청난 부자였다 해도, 이런 데 돈을 쓸 줄 안다는 건 정말 멋지지 않나요? 현재 성 토마스 교회 앞에 서 있는 동상은 높이 2.45미터로 1908년에 세워진 것입니다. 그리고 멘델스존은 1843년 슈만과 함께 라이프치히 음악원(현재 라이프치히 국립음대)를 창설했지요. 음악대장 멘델스존이 살았던 골트슈미트 거리 12번지의 집은 현재 박물관으로 단장되어 세계 각지에서 온 수많은 방문객을 맞고 있습니다.

바흐 〈마태 수난곡〉, BWV. 244

바흐는 오늘날 '서양음악의 아버지'로 불리는 대단한 인물이지만, 생전에 그의 모든 작품이 인기를 누렸던 것은 아닙니다. 〈마태 수난곡〉은 바흐가 44세 때인 1729년에 만든 작품인데, 생존 당시엔 자주 연주되었지만 사후에 잊혔어요. 그러다가 멘델스존이 1829년에 찾아내 무대에 올린 덕택에 예전의 명성을 되찾게 됩니다. 당시 멘델스존의 나이가 스무 살이었다니, 젊은 청년이 어떻게 그런 대단한 생각을 했을까요? 작곡된 지 딱 100년 만이지요. 연주 시간이 워낙 길다보니 어지간한 인내심 없이는 전 곡을 깊이 있게 감상하기 어렵습니다. 악보도 어마어마하게 많지요. 복사기도 없고 컴퓨터도 없던 그 시대에 이런 방대한 곡을 작곡하고 악보로 남겼다는 게 정말 대단합니다. 이 곡은 처음엔 어렵고 무겁게 들리지만 들으면 들을수록 그 진가가 느껴집니다.

멘델스존은 '초만원의 홀은 마치 교회와 같은 느낌을 주었습니다. 장엄하기 이를 데 없는 경건함이 청중을 지배했고, 깊은 감동의 탄식으로 입에서 새어 나오는 두세 마디가 들릴 뿐이었습니다.'라고 적었다지요. 어떤 사람들은 너무 감동한 나머지 무의식중에 울었다고도 전해진다는데, 지금 들어도 그 감동은 여전합니다.

수난곡이란 예수님이 수난당할 것이라는 예언부터 죽은 후 매장될 때까지의 고난을 다룬 음악입니다. 수난주간 그러니까 부활절 전 40일 동안에 주로 연주되는 음악이지요. 마태 수난곡은 성경의 마태복음 26장과 27장을 기본 가사로 한, 극적인 요소가 충만한 음악입니다. 크게 1부와 2부로 나뉘고, 모두 68곡으로 구성되어 있습니다. 예수님을 따르지 않았던 베드로가 반성하면서 부르는 39번째 아리아가 그 유명한 '나의 하느님, 나를 불쌍히 여기소서'입니다. 솔로 바이올린과 독창으로 알토가 부르는 노래예요. 처음부터 전곡 감상은 부담스러울 수 있으니 가장 유명한 이곡부터 들어보세요. 독일어 가사의 뜻을 몰라도 멜로디만으로도 마음이 처연해지는 곡입니다. 아이들은 이해하기 힘들 테니 엄마가 먼저 듣고 느낌을 이야기해주세요. 그럼 아이들도 좋아할 겁니다.

내 생애 최고의 순간을 함께한 라이프치히 음악대학

바그너가 태어나고 괴테가 《파우스트》를 구상한 곳. 바흐의 마태 수난곡이 그의 사후 최초로 전곡 초연된 곳. 실러의 '환희의 송가'가 탄생하고 멘델스존과 바흐가 생을 마감한 곳, 라이프치히. 유럽 최초의 음악대학과 세계에서 가장 오래된 민간 오케스트라를 탄생시킨 라이프치히! 라이프치히를 가리키는 수식어는 모든 것이 음악으로 점철됩니다.

라이프치히 음악대학 연주회 프로그램.

　이번 라이프치히 여행에서는 바그너의 동네에 숙소를 잡았습니다. 중앙역의 서쪽인데, 예전과 달리 현대식 호텔들이 많이 들어서 있네요. 아침마다 카페 바그너에서 신선한 크라상과 커피를 마시던 기억이 새록새록 납니다. 갓 구운 빵의 고소한 버터 냄새는 정말 유혹적이잖아요. 아이는 독일빵이 이렇게 맛있는 줄 몰랐다며 감탄을 금치 못합니다. 바그너도 이렇게 커피를 마셨을까요? 타임슬립이 가능하다면 이 동네에서 바그너를 한 번 만나보고 싶어요.

　라이프치히 역시 중앙역을 기준으로 명소들이 모여 있습니다. 거의 모든 곳이 걸어서 둘러볼 수 있는 거리에 있어요.

바그너가 태어난 거리의 표지판.

매번 즐겨 드나들던 바그너 동네지만, 오랜만에 다시 와보니 뜨겁게 감격스러웠습니다. 게반트하우스, 오페라 극장, 니콜라이 교회, 토마스 교회, 괴테의 동상이 서 있는 옛 증권거래소, 파우스트가 등장하는 아우어바흐 켈러 술집까지 정말 한 구역에 다 모여 있으니 걷다보면 온 천지에 문화의 숨결이 가득합니다.

바흐가 좋아서 라이프치히에서 공부를 했고, 저희 아들의 영어 이름도 라이프치히 음대를 세운 멘델스존의 이름을 따서 '펠릭스Felix'로 지었어요. '펠릭스'는 '행복' 혹은 '행운'을 뜻하는 라틴어인데, 저는 아들이 멘델스존처럼 편안한 삶을 살기를 바라는 마음으로 그 이름을 열심히 불러줍니다. 17세

라이프치히 음악대학교 계보.

기와 21세기의 두 펠릭스가 함께 서 있는 모습을 보니 흡족
하네요.

라이프치히 음대에서 제가 자주 드나들었던 곳은 도서관
입니다. 출판의 도시답게 도서관엔 귀중한 고악보들이 잘 보
존되어 있었어요. 교수님께서는 베토벤을 공부할 땐 베토벤
시절의 악보를 봐야 하고, 쇼팽을 공부할 땐 그의 흔적이 깃
든 악보를 봐야 한다고 했습니다. 종이에서 뿜어 나오는 본질
의 느낌을 느껴야 한다고 말씀하셨지요. 도서관 입구엔 학교

의 계보가 걸려있습니다. 멘델스존 시기부터 현재까지의 역
사가 기록된 그 계보를 들여다보며 괜스레 마음이 울컥해졌
던 기억이 나네요. 잠든 그들과 작품으로 느낌을 공유할 수
있다는 것이 얼마나 영광이던지요. 라이프치히는 제 인생 최
고의 순간을 함께했던 곳입니다.

바그너 오페라 〈로엔그린〉 중 '결혼행진곡'

'나의 살던 고향은 꽃피는 산골
복숭아꽃 살구꽃 아기 진달래
울긋불긋 꽃 대궐 차린 동네
그 속에서 놀던 때가 그립습니다'

우리 동요 '고향의 봄' 아시지요? 누구에게나 고향은 이런
의미입니다. 천하의 야망꾼 바그너도 고향에 대한 느낌은 이
렇지 않았을까요?

리하르트 바그너의 동네에서 여러 날을 묵었으니 그의 대표
작품 한 곡 들어보지요. 클래식 음악을 전혀 모르는 분이라 해
도 '결혼 행진곡'은 아실 겁니다. 신부가 입장할 때 주로 나오
는 곡이니까요. 결혼 행진곡의 원래 제목은 'Treulich geführt'
이고 '믿음으로 인도하세요'라는 의미입니다. 간단히 '혼례의

합창'이라고도 불리는 이 곡은 바그너가 37세 때인 1850년에 만든 오페라 〈로엔그린〉 3막에 나오는 대표곡이지요.

'로엔그린'은 마법에 걸려 백조가 되어야 했던 기사의 이름입니다. 10세기경 외국의 침략을 받은 브라반트 공국에는 아버지를 잃은 엘자 공주와 고트프리트 왕자가 있었습니다. 어느 날 왕위를 물려받기로 한 고트프리트 왕자가 갑자기 사라집니다. 왕 자리를 탐내던 프레데릭 백작이 마녀의 간괴에 빠져 누나인 엘자 공주를 살인죄로 고발합니다.

억울한 누명을 쓴 공주는 누군가 자기를 대신해 백작과 싸워서 이기면 자신의 진실이 입증된다는 판결을 받습니다. 때마침 백조가 이끄는 배를 타고 지나가던 기사 로엔그린은 공주를 위해서 결투를 하고 승리합니다. 그리고 승리를 하면 공주와 결혼하겠노라고 말한대로 엘자와 결혼을 합니다. 대신 엘자는 사랑의 결실을 맺기 전까지 절대 신랑의 이름을 물어봐선 안 된다는 약속을 지켜야 했어요.

그런데 이를 어쩝니까? 하지 마라 하면 더 하고 싶은 인간의 본성 탓에, 엘자는 남편이 된 백조의 기사에게 이름을 물어보게 되고, 결국 로엔그린은 그녀를 떠나게 됩니다. 혼자 남은 엘자 역시 슬픔에 겨워 생을 마감합니다.

이 혼례의 합창은 로엔그린이 결투에서 이겨서 엘자와 결혼하는 가장 행복한 순간에 흐르는 음악인데, 배경은 참 슬픕니다. 그녀가 끝까지 믿음을 갖고 기다렸다면 비극을 피할 수 있었을 텐데…. 사랑하기에 결혼을 하지만 사실 그 결혼을 이어가는 건 상대를 향한 믿음임을 다시 한 번 상기시켜주는 음악입니다.

아이에게 신부 입장곡을 작곡한 사람이 바그너라고 설명하며 그의 사진을 보여줬습니다. 옆에서 아이가 하는 말이 저를 박장대소하게 합니다.

"엄마! 이 사람도 자기 결혼식에서 이 음악 들었어요? 이 음악에 맞춰 신부도 입장했나요? 엄마도 이 곡 들으면서 아빠랑 결혼했어요?"

실제로 아이의 질문은 예리한 부분이 있습니다. 왜냐하면 바그너는 이 오페라를 작곡했을 때 정치적인 이유로 독일에서 쫓겨나 망명 중이었거든요. 그래서 세상에서 이 음악을 못 듣는 사람은 자신뿐일 거라는 자조적인 이야기를 했어요. 그의 신부는 이 음악에 맞춰 입장을 못한 게 맞고요. 실제로 이 곡이 결혼식 음악으로 사용되기 시작한 것은 19세기 중반 영국 왕실의 결혼식부터였답니다. 평소 음악에 조예가 깊었던 영국의 빅토리아 공주가 1858년 프러시아 프레데릭 왕자와의 결혼식에서 이 곡을 선택했고, 이후 유럽의 상류층들이 따라 했어요. 그로부터 전 세계적인 신부입장곡이 되었지요. 물

카페 바움.

카페 바움에서 만난 슈만과 멘델스존.

론 꼭 이 곡이 아니더라도 결혼할 때 흐르는 음악은 무엇이든 그 장소를 축복의 공간으로 만들어줄 겁니다.

'카페 바움'에서 만난 음악가들

라이프치히에서 꼭 가봐야 할 곳이 아직 남았습니다. 음악을 하는 사람들 대부분은 중독 수준으로 커피를 좋아하는데요, 18세기 중반에도 그런 사람이 있었습니다. 바로 우리의 바흐 선생님이에요. 저도 하루에 커피를 몇 사발씩 마시는지라 라이프치히의 유명 카페 '카페 바움'에 안 들를 수가 없네요.

카페 바움은 바흐가 잠들어 있는 토마스 교회에서 도보로 3분 거리에 있습니다. 그 옛날 바흐도 토마스 교회에서의 하루 일과가 끝나면 기분 전환을 위해서라도 이 카페에 들렀겠지요? 그런 생각을 하니 바흐가 한층 더 가깝게 느껴집니다. 좋아하는 누군가의 흔적을 더듬는 일은 열혈팬에게는 정말 가슴 뛰는 일이잖아요. 카페 바움Coffe Baum은 커피나무라는 뜻이에요. 나무에서 열리는 조그마한 열매가 사람들에게 주는 기쁨은 상당합니다.

3층짜리 건물은 1층은 카페, 2층은 레스토랑, 3층은 커피박물관으로 꾸며져 있습니다. 독일에서는 간판들이 우리처럼 크지 않고 그림이나 조각 형식으로 자신의 특성을 알리는 경우가 많아요. 그래서 자칫하면 그냥 지나칠 수 있는데, 이곳 역시 머리에 터번을 두른 사람과 커피나무가 벽에 조각되어 있어요.

카페 바움은 유럽에서 두 번째로 오랜 된 카페로 1694년에 문을 열어 무려 300여 년 동안 커피를 알리는 문화 선구자적 역할을 해왔습니다. 괴테·리스트·바그너·슈만·멘델스존 등 역사적인 인물들이 즐겨 방문한 곳이기도 합니다. 한국인들은 새로운 곳을 찾아다니는 걸 좋아하지만, 유럽인들은 오래된 곳, 역사를 지닌 장소를 선호하죠. 그 시간을 이겨낸 가치를 인정하겠다는 그들의 정신이 많이 부럽습니다. 카페 바움은 문화예술인들이 대화를 나누고 책을 읽고 토론하는 장소이며 휴식을 취하는 곳이었습니다. 한마디로 예술인들의 사랑방이었죠. 예나 지금이나 카페의 역할은 비슷하네요.

음악의 아버지 바흐도 이곳에서 작곡을 하곤 했습니다. 카페에서 공부하거나 글을 쓰는 요즘 저희들이랑 똑같지요. 바흐도 카공족이었나 봐요. 초집중해서 작곡하고 있는데, 사람들이 너무 시끄럽게 떠들면 벌떡 일어나서 화를 내기도 했답니다. 온유해 보이지만 카리스마 가득한 바흐의 예민함이 느껴지는 일화예요. 어쩌면 예배일은 다가오는데 곡이 안 써져서 극도로 예민했을지도 모르죠. 옛날이나 지금이나 마감일

음악가와 카페.

에 쫓겨야 일이 되는 건 똑같은가 봐요.

제가 카페 바움의 2층과 3층을 찬찬히 둘러보는 사이에, 아이는 맛있는 케이크를 골랐습니다. 본인이 먹고 싶은 걸 고르라고 했더니 카페 바움 케이크를 골랐네요. 진한 다크 초콜릿에 하얀 치즈를 덮은 케이크였는데, 맛이 생각보다 좋진 않았어요. 아이도 한국 케이크가 더 맛있다고 하네요.

벽면에는 커피와 음악이 어떤 관계인지에 대한 설명이 가득 적혀 있어요. 한참을 들여다봤습니다. 음악 도시인 라이프치히의 명성에 커피가 한층 도움을 줬다는 사실과 텔레만

슈만 케이크.

카페 바움 케이크.

이 설립한 '콜레기움 무지쿰Collegium Musicum'에 대한 이야기
도 있네요. 콜레기움 뮤지쿰은 17세기 전후 독일 라이프치히
에서 순수 음악 연주를 목적으로 조직된 아마추어 연주 단체
입니다. 청중을 위한 연주가 아닌 본인들이 서로 즐기기 위해
만든 동호회 같은 것이에요. 음악을 좋아하는 사람들이 이곳
에 모여 커피를 마시고 대화를 나누고 연주도 하며 정말 좋
은 시간을 보냈을 겁니다.

슈만 〈어린이의 정경〉 중 7번 '트로이메라이'

카페 바움에서 떠오른 슈만의 곡을 한 곡 소개해 드릴게
요. 제가 좋아하는 영화 〈호로비츠를 위하여〉에는 동네에서

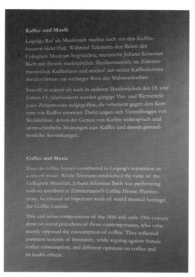

커피와 음악에 대한 이야기.

아이들에게 피아노를 가르치는 선생님이 나옵니다. 원래 그
녀의 꿈은 러시아의 유명한 천재 피아니스트 블라디미르 호
로비츠(Vladimir Horowitz, 1903~1989)처럼 전문 연주자가 되는
것이었습니다. 하지만 재능이 부족했던 그녀는 평범한 피아
노 선생님으로 살아갑니다. 어느 날 그녀는 학원에서 절대음
감의 소유자 경민을 만납니다. 경민은 부모가 아닌 할머니와
힘들게 살고 있는 아이입니다. 그런 그에게 피아노는 자신을
알아주는 유일한 친구예요. 자신의 못다 이룬 꿈을 경민을 통
해 이루고자 한 선생님은 천재 소년에게 공을 들여 콩쿠르에

내보냅니다. 그러나 경민은 실력을 제대로 발휘하지 못했어요. 스승으로서 자신의 능력에 한계를 느낀 선생님은 경민을 떠나보냅니다.

세월이 흘러 경민은 성공한 피아니스트가 되고 외국의 유명 오케스트라와 함께 국내 무대에서 '라흐마니노프 피아노 협주곡 2번'을 연주합니다. 남편과 함께 우연히 그 연주회에 간 선생님은 무대 위의 경민을 알아보고 새삼 옛 일을 떠올리며 감격의 눈물을 흘립니다. 경민 역시 스승을 알아보고 그에 대한 보답으로 슈만의 '트로이메라이Träumerei'를 연주합니다.

성공한 제자가 그 옛날 자신이 들려주던 곡을 연주하는 것을 보는 스승의 마음이 어땠을까요? 불우한 환경에서 자라던 경민은 자동차의 헤드라이트만 봐도 깜짝 놀랄 만큼 마음의 상처가 많은 아이였습니다. 어두운 벽장에 들어가서 나오지 않는 경민을 위해 피아노 선생님은 슈만의 '트로이메라이'를 연주하며 아이의 마음을 진정시키려 애씁니다.

트로이메라이는 '꿈'이라는 뜻입니다. 이 얼마나 소박하면서도 간절한 제목입니까?

이 곡은 아주 짧고 간단한 형식이지만 멜로디는 정말 꿈을 꾸듯 아름답고 감미롭습니다. 그래서 이 감정을 제대로 살려 연주하기가 쉽지 않은 곡이기도 합니다. 누구나 연주할 수 있지만 아무나 감동을 전달하지는 못합니다. 또한 호로비치가 러시아 내의 정치적인 이유로 미국에 망명했다가 61년 만에 고향 모스크바에 돌아와 무대에 섰을 때 특별히 그의 팬들을 위해 연주한 곡이기도 하지요.

음악사에서 가장 아름다운 여성인 클라라의 본명은 클라라 빅(Clara Wieck, 1819~1896)입니다. 슈만의 아내였기에 클라라 슈만으로 불리지만 오늘은 낭만주의 작곡가 클라라 빅으로 바라보고 싶네요.

슈만의 간절한 구애로 그와 결혼했지만, 클라라는 37세의 나이에 남편을 잃습니다. 그 후 40년 간 클라라는 혼자 여섯 명의 자녀를 키우며 슈만의 작품을 정리하고 연주합니다. 슈만은 생전에 많은 곡을 그녀에게 헌정했습니다. 언제나 어린이처럼 사랑스러운 클라라를 떠올리며 작곡한 〈어린이 정경〉은 두 사람의 연애가 한창이던 1838년(클라라의 나이 19세)에 작곡된, 실제로는 어른을 위한 곡입니다. 모두 13곡으로 이루어진 〈어린이 정경〉의 제7곡이 '트로이메라이'입니다.

라이프치히에는 슈만과 클라라가 살았던 집이 남아 있어서, 두 사람의 삶을 고스란히 느껴볼 수 있습니다. 유학 시절 해마다 슈만 프로젝트 때 그곳에서 슈만을 연주하던 기억이 떠오르네요. 중심부에서 약간 떨어져 있지만 차분히 여행 중인 분들은 꼭 가보세요. 그 집을 들어서는 순간 슈만이 여러분을 꿈꾸게 만들 거예요.

바흐 〈커피 칸타타〉, BWV. 211

상상해 볼까요? 300년 전 바흐가 카페에서 진한 커피를 마시며 커피예찬 음악을 연주하는 장면을요! 바흐의 작품들 중에는 재미난 곡들이 많습니다. 근엄하고 진지하기만 한 그에게도 익살스러운 부분이 있었어요. 〈커피 칸타타〉라는 곡인데요, 이 곡은 18세기에 커피하우스에서 연주된 커피 찬양 음악입니다. '칸타타Cantata'라는 단어의 어원은 이탈리아어의 '칸타레(cantare, 노래하다)'입니다. 음악 용어 중에는 이탈리아어가 많은데, 저희가 익히 아는 안단테·피아노·솔로·라르고·템포… 등이 그렇습니다.

칸타타는 대개 종교적인 내용의 '교회 칸타타'와 소규모 오페라라 할 만한 '실내 칸타타'로 나뉘는데, 교회 칸타타가 진중한 것에 반해 실내 칸타타는 드라마 같고 기교적인 것이 특징입니다. 바흐의 커피 칸타타는 전형적인 실내 칸타타 작품입니다. 처음 라이프치히의 침머만 커피하우스에서 바흐가 이끄는 콜레기움 무지쿰의 공연으로 소개된 이후 큰 인기를 끌었습니다. 모두 10곡으로 구성된 커피 칸타타에는 풍자와 익살이 가득합니다. 바흐답지 않게 재미있어요.

커피가 독일에 들어온 것은 17세기경인데 바흐는 일찌감치 커피와 사랑에 빠졌나봅니다. 이 커피 칸타타는 프리드리히 헨리가 쓴 시에 바흐가 곡을 붙인 것으로, 그의 나이 47세인 1732년에 만든 음악입니다.

극의 내용은 간단합니다. 아버지는 딸이 커피를 끊지 않는다면 산책을 못하게 하고 스커트도 안 사주고 심지어는 약혼자랑 결혼도 못하게 하겠다고 협박을 합니다. 그러나 딸은 결국 아버지를 이기고 맙니다. 아버지의 바람대로 커피를 끊겠다고는 했지만 그건 어디까지나 아버지를 안심시키기 위한 거짓말이었어요. 아버지는 뒤늦게 딸의 거짓말을 알아차리지만 못 이기는 척하며 딸의 소망을 들어줍니다. 너무 많이 마시지는 말라며. 예나 지금이나 하지 말라고 하는 부모님과 하겠다고 버티는 자식의 실랑이는 변함이 없네요.

'아리아Aria'란 오페라에서 오케스트라의 반주가 있는 서정적 독창곡을 말하는데, 이 칸타타에서는 딸의 아리아 '커피는 어쩜 그렇게 맛있을까'가 유명합니다. 처음부터 끝까지 '커피! 커피!'를 반복하며 외치지요. 보통은 바이올린 같은 현악기나 쳄발로 같은 건반악기가 같이 연주되는데, 유독 이 아리아에서는 플루트가 분위기를 돋우는 중요한 역할을 합니다.

익살스러운 해설자와 감정 조절을 잘 못하고 버럭 하는 아버지, 그리고 재치 있고 영리한 딸. 이렇게 세 명의 독창자가 주고받는 만담 같은 칸타타입니다.

드레스덴Dresden

드레스덴에 대한 저의 기억은 한 물건에서부터 시작됩니다. 유학생활 내내 동고동락했던 14인치 검정 텔레비전. 작고 싼 텔레비전이었지만 당시의 제겐 유일한 친구였습니다. 수업을 마치고 텅 빈 집에 들어오면 제일 먼저 하는 일이 텔레비전을 켜는 것이었지요. 그러던 어느 여름날 텔레비전에 나온 광고 한 편이 저를 사로잡았습니다. 오페라 극장에서 울려 퍼지는 아리아 한 소절에 취해 맥주를 마시는 사람들의 모습이었습니다. 별이 찬란한 밤! 늘씬하게 잘 빠진 잔에 시원한 맥주가 담겨있고 1센티미터의 거품이 요염하게 얹힌 모습, 그리고 그 뒤로 펼쳐진 그림 같은 오페라 극장. 조명을 받으니 더 멋있더군요.

드레스덴 중앙역.

　'저기가 어딜까? 진짜 저런 곳에 가서 오페라 공연을 보고 맥주도 한잔 마시고 싶다.'라는 생각을 했어요. 그날 작은 텔레비전 화면에 뜬 광고를 보지 않았더라면 저는 드레스덴에 대한 환상을 갖지 못했을 겁니다. 그 극장은 바로 드레스덴의 젬퍼 오퍼Semperoper였습니다. 그곳은 드레스덴의 유명한 관현악단인 드레스덴 슈타츠카펠레의 전용홀이기도 합니다.

　젬퍼 오페라 하우스는 당대의 건축 이론가 고트프리트 젬퍼(1803~1879년)가 설계한 것인데, 유럽에는 사람 이름을 딴 건축물들이 엄청 많아요. 그만큼 이름 걸고 만든 명작이라는 증거겠지요. 하다못해 동네 골목길도 사람 이름을 붙인 곳이

젬퍼 오퍼.

많아요. 아무튼 이 오페라 극장이 바로 그 광고에 나온 멋진 곳입니다. 리하르트 바그너의 초기 작품들도 이곳에서 막을 올렸습니다. 바그너와 젬퍼는 절친한 친구 사이였는데, 두 사람은 고대 그리스에서 그랬던 것처럼 신을 향한 제사를 연상시키는 떠들썩한 연극을 다시 살려냈습니다. 신들의 이야기는 젬퍼가 만든 건축물의 화려한 장식과 잘 어울렸어요. 그러나 애석하게도 1869년에 오페라 하우스는 화재로 불탔고, 젬퍼는 크게 상심했지만 다시 짓기 시작합니다. 오늘날의 젬퍼 오페라 하우스는 개인의 예술에 대한 치열한 사랑이 없었더라면 존재하지 못했을 거예요.

그토록 보고 싶었던 젬퍼 오퍼를 보고 있자니 유유히 흘러가는 엘베강의 물소리도 음악으로 들립니다. 아직도 공사 중인 곳이 많고 계속 발전하고 있는 도시 드레스덴에서 350년 전 바로크를 느낄 수 있으니 이 또한 신비롭네요.

오래된 예술 도시, 드레스덴

드레스덴의 볼거리들은 모두 구시가지Alt Stadt에 있습니다. 중앙역에서 15분 거리에 있는 츠빙거Zwinger 궁전부터 젬퍼 오퍼 그리고 드레스덴 성과 프라우엔 교회를 보고 군주의 행렬 벽화를 지나 알트 마르크트 광장까지 둘러보면 드레스덴에서 가봐야 할 곳들은 거의 다 본 셈입니다. 유럽의 여느 도시처럼 도심에는 강이 흐르고, 그 강을 기준으로 구시가와 신시가지가 나뉘어요.

괴테 선생이 이 도시를 '엘베강의 피렌체'라고 불렀다는데 제가 본 드레스덴은 마치 거대한 공사장 같았어요. 거의 모든 곳이 공사 중이었거든요. 아직 성장 중인 도시 드레스덴은 세계대전 전후와 독일 통일 전후에 많은 것이 달라졌습니다. 바로크 시대의 많은 유물을 간직한 땅이었으나 1945년에 연합군의 융단 폭격으로 큰 피해를 입었거든요. 모든 것이 그대로 멈춰있었던 동독시절을 거쳐 통일 이후에 다시 자신들만의 방식으로 과거를 복기하며 재건해나가는 모습을 보면서, 저

한창 공사 중인 드레스덴.

는 도시 전체가 공사 중인 것이 불편하기보다는 그들의 생각
과 가치가 부러웠습니다.

츠빙거 궁전은 왕관 모양의 크로넨 문을 중심으로 좌우대
칭으로 지어졌습니다. 궁 안에는 십자형의 넓은 뜰에 바로크
양식으로 조각된 분수가 있는데, 특히 '요정의 샘'이 유명합
니다. 이 궁전 안의 광장에서 매년 5월에 드레스덴 음악제가
열립니다. 라이프치히에 바흐 페스티벌이 있다면 드레스덴에
는 드레스덴 음악제가 있는 것이지요. 세계에서 가장 오래된
오케스트라인 드레스덴 슈타츠카펠레Dresden Staatskapelle가
주요 연주를 하고, 츠빙거 궁전뿐만 아니라 도심 곳곳의 주요

츠빙거 궁전의 크로넨토어 정문.

명소에서 공연들이 펼쳐집니다. 유럽은 도시마다 음악 축제
들이 많고도 다양한데, 그들의 지독할 만큼 대단한 음악 사랑
의 한 단면이지요.

　궁전 건물은 현재 박물관으로 사용되고 있습니다. 북쪽 미
술관에는 15~18세기의 이탈리아·네덜란드·독일·프랑스 미
술품이 전시되어 있는데 루벤스·렘브란트 등의 작품이 대표
적이고요, 남쪽 건물에는 왕궁의 화려한 도자기가 전시되어
있어요. 그중에는 중국과 일본 도자기도 있는데, 우리 것은

프라우엔 교회.

없어서 좀 아쉽네요. 임진왜란 때 끌려간 한국의 도공들 덕택에 일본 도자기들이 이렇게 발전한 걸 생각하니 좀 우울했어요. 세계에 한국의 문화를 더 알려야 한다는 걸 이번 여행을 통해서도 많이 느낍니다. 아무튼 서울보다 작은 도시 안에 30개의 박물관과 미술관이 있는 드레스덴은 정말 살아있는 박물관이에요.

츠빙거 궁전과 더불어 유명한 곳이 바로 프라우엔 교회

성 십자가 교회.

Frauenkirche입니다. 이곳은 종교 개혁을 주장한 루터파의 개신 교회예요. 드레스덴도 라이프치히와 마찬가지로 종교개혁운동이 활발했던 곳입니다. 1726년에서 1743년에 걸쳐 바로크 양식으로 지어진 이 교회에서 요한 세바스티안 바흐가 오르간 완공을 기념하는 연주회를 했다는군요.

이 교회의 상징은 높이가 95미터나 되는 돔이에요. 이탈리아 로마의 베드로 성당에 있는 미켈란젤로의 돔과 견줄만합니다. 드레스덴 야경사진들에 있는 멋진 건물 중의 하나가 이프라우엔 교회인데요, 교회 안에서 천장을 바라보면 정말 그런 곳에 그림을 그렸다는 것이 경이로울 뿐이에요. 어마어마한 무게를 기둥 하나 없이도 잘 버티고 서 있어요.

그런데 말입니다, 사실은 이 교회가 제2차 세계대전 당시 폭격으로 완전히 무너져 내렸다는군요. 1945년 2월에 1000대가 넘는 연합군의 폭격기가 폭탄을 퍼부어서 드레스덴은 완전히 폐허가 되었습니다. 그러나 드레스덴 사람들은 언젠가 복구할 것을 생각하며 무너진 프라우엔 교회의 돌들을 모아 번호를 매겨 보관합니다. 그리고 독일 태생의 미국인 생물학자 블로벨이 어린 시절 프라우엔 교회의 모습을 봤던 기억을 되살려서 1994년에 프라우엔 교회 재건 사업을 시작했고, 많은 이들의 기부에 힘입어 2005년에 보수작업이 끝나 교회는 옛 모습을 되찾았습니다. 지금 프라우엔 교회의 외벽에는 흰 벽돌들 사이에 검은 벽돌들이 영광스럽게 박혀 있어요. 그 모습을 본 아이가 검은색 레고가 중간에 박혀있다고 표현합니다.

낭만가객의 파라다이스

작센 주의 주도인 드레스덴은 정말 많은 얼굴을 가지고 있습니다. 바로크 시대에는 귀족들을 위한 최고의 예술도시였고, 현재는 낭만가객들의 파라다이스입니다. 클래식한 공간들도 감동스럽지만 일상 속의 예술을 즐길 곳도 많아요. 구시

구시가지 거리에서 공연 중인 뮤지션들.

가지로 가는 길목에 있는 큰 쇼핑몰 앞에서 이방인 음악가들이 기타와 팬파이프를 연주하고 있었습니다. 팬파이프를 처음 본 아이는 신기한지 한참 동안 서서 음악을 듣더군요. 일부러 듣게 하지 않아도 자발적으로 멈춰서 듣는 저 반응은 음악의 힘이겠지요. 열심히 연주하는 연주자들의 얼굴에서 음악의 기운이 느껴졌습니다. 덩달아 듣는 저희도 행복해졌고요.

드레스덴의 도시 구획은 다소 특이합니다. 중앙역에서부

터 일직선으로 뻗어있는 길에는 볼거리가 가득해요. 특히 도서관 건물 안에 이 도시의 최고 명물인 드레스덴 필하모니의 전용홀이 있다는 건 정말 멋집니다. 책과 음악이 공존하는 건물을 보는 것만으로도 행복했습니다. 홀 이름도 헤라클레스 Hercules 홀이에요. 헤라클레스는 그 유명한 제우스와 알크메네의 아들이고 그리스 신화 최고의 영웅이잖아요. 어릴 때 자신을 죽이려 한 헤라의 음모에서 살아났고, 독사를 양 손으로 잡았다는 이야기는 유명하지요.

음악은 공연장의 음향시스템에 따라 소리의 질이 좌우되기 때문에, 세계적인 오케스트라들은 대개 전용홀을 가지고 있고 그곳에서 최상의 소리를 만들어냅니다. 음악 하는 사람으로서 저는 서울이라는 대단한 도시에 우리나라를 대표하는 서울시립교향악단의 전용홀이 없다는 게 참 안타까워요.

드레스덴 필하모니는 드레스덴 젬퍼 오퍼를 주 무대로 활동 중인 드레스덴 슈타츠카펠레(SKD)와 함께 드레스덴 음악 문화를 이끌고 있는 오케스트라입니다. 두 오케스트라 모두 궁정에서 시작했지만, SKD가 오페라 연주 중심의 전통을 이어가고 있는 반면, 드레스덴 필하모니는 클래식 음악을 일반 대중의 문화로 탈바꿈시키는 데 앞장섰습니다. 그래서 지금은 '시민을 위한 오케스트라'로 많은 사랑을 받고 있지요. 그

드레스덴 필하모니 전용홀.

런 이유로 전용홀도 시내 한가운데에 중앙도서관과 한 건물에 있는 것입니다.

베버 오페라 〈마탄의 사수〉 중 '사냥꾼의 합창'

독일은 대부분의 도시에 음악대학이 하나씩 있고, 각 학교마다 상징적인 작곡가가 있어서 학교 이름에도 그들의 이름을 붙입니다. 예를 들면 라이프치히 음악대학은 펠릭스 멘델스존(Hochschule für Musik und Theater "Felix Mendelssohn Bartholdy" Leipzig)을, 뒤셀도르프 음악대학은 로베르트 슈만(Robert Schumann Hochschule Düsseldorf)을, 그리고 드레스덴 음악대학은 칼 마리아 폰 베버(Hochschule für Musik Carl Maria von Weber Dresden)를 넣는 식이지요. 그래서 드레스덴에 오면 칼 마리아 폰 베버(Carl Maria von Weber, 1786~1826)가 자연스레 떠오릅니다. 베버의 대표작은 바로 '무도회의 권유'지요. 그는 모차르트 부인인 콘스탄체의 사촌이기도 해요.

베버는 덴마크와 가까운 독일 북부의 오이틴에서 태어났습니다. 숲과 호수가 멋지게 어우러진 그곳에서 유년시절을 보냈어요. 시립 악단의 연주자였던 아버지 프란츠 안톤 베버는 단원 생활만으로는 욕심이 차지 않아 직접 악단을 꾸려 독일 전역을 돌아다녔습니다. 그래서 가족들도 이곳저곳으로 따라다니며 살아야 했지요. 안톤 베버는 첫 부인과 사별하고 젊은 소프라노 가수와 재혼을 했는데, 이 두 번째 부인과의 사이에서 낳은 큰아들이 바로 칼 마리아 폰 베버입니다.

모차르트의 아버지처럼 베버의 아버지 역시 아들의 재능을 일찍 알아차렸어요. 그래서 어린 아들에게 하이든의 동생 미카엘 하이든을 소개시켜주며 음악적 지식을 체계적으로 쌓아가도록 돕습니다. 베버는 음악가인 부모님 덕택에 매우 유익한 음악적 환경을 제공받은 거지요. 19세에 지휘자의 자리에 올랐고, 31세인 1817년부터 드레스덴 작센 궁정 극장의 지휘자로 활동했으니, 그에게 드레스덴은 제2의 고향인 셈입니다. 아마 그런 이유로 드레스덴 음대는 칼 마리아 폰 베버를 그들의 상징으로 삼았을 겁니다.

베버의 업적들 중 한 가지는 그때까지 통용되던 오케스트라의 악기 배치를 혁신적으로 바꾼 겁니다. 큰소리를 내는 금관악기를 뒤쪽에, 작은 소리를 내는 현악기를 앞쪽에 배치했어요. 이러한 좌석배치는 지금까지 큰 변화 없이 이어져 내려오고 있습니다.

그는 또한 독일희가극인 징슈필Singspiel의 대표작을 작곡했어요. 바로 〈마탄의 사수〉입니다. 그의 대표작이라고 할 수 있는 오페라 〈마탄의 사수〉는 모차르트의 〈마술피리〉, 베토벤의 〈피델리오〉와 함께 3대 징슈필로 손꼽히는 작품입니다.

노래로 하는 연극이라는 뜻의 징슈필은 극에 연극적인 요소가 많고 희극적 내용을 지닌 것이 특색이에요. 가사가 독일어로 되어 있어서, 이탈리아어로 불리던 오페라보다 당시의 독일 대중에게 큰 호응을 받았다고 합니다.

베버는 귀신들의 이야기에 관한 책에서 영감을 얻어 〈마탄의 사수〉를 작곡했습니다. 3막으로 된 이 오페라는 서곡이 제일 유명하지만, 아이들과 함께 듣기엔 3막에 나오는 '사냥꾼의 합창'이 좋습니다. 남성 중창단이나 합창단의 인기 레퍼토리로, 첫 부분부터 시원시원한 금관악기들의 소리가 울려 퍼지는 곡이에요.

성격이 고약했다는 바그너마저 감동시킨 독일 낭만 음악의 정수 '칼 마리아 폰 베버'. 그는 자서전 마지막에 이렇게 썼습니다.

"여기 인간과 예술을 진정으로 순수하게 여겼던 한 사람이 잠들다"

예술가에게 이보다 더 멋진 표현이 있을까요? 베버가 잠들어 있는 드레스덴 곳곳에는 그토록 순수했던 베버의 영혼이 깃들어 있습니다.

소소한 일상이 주는 행복

중앙도서관을 따라 좀 더 안쪽으로 들어가면 관광 명소들

이 줄지어 서 있습니다. 주말이어서인지 프라우엔 교회 앞에
는 사람들이 엄청 많더군요. 한쪽에 연주를 준비하는 거리
의 피아니스트도 보입니다. 그랜드 피아노를 내다 놓고 연주
를 하네요. 문득 유학 초창기에 쾰른의 라인 강변에서 갑자
기 연주를 했던 기억이 납니다. 누가 연주했냐고요? 제가 했
지요. 그때 쾰른에도 저렇게 거리에서 연주를 하는 피아니스
트가 있었는데, 어느 날 그가 연주를 끝내더니 관객 중의 한
명인 저에게 연주를 해보겠느냐고 하더군요. 웬 기회냐 싶어
신나게 연주했지요. 그땐 제가 참 용감하고 도전적이었어요.
젊음이 그리운 건지 그때의 용기가 그리운 건지 아리송한 마
음입니다. 드레스덴에서 거리의 피아니스트를 보니 쾰른의

연주를 준비하는 거리의 피아니스트.

피아니스트와 20년 전 용감한 제 모습이 머릿속에 겹쳐 떠오르네요.

어딜 가나 만남의 장소가 있지요? 드레스덴 사람들에겐 프라우엔 교회 앞 루터 동상이 그곳이 아닐까 싶어요. 이 도시의 수호신처럼 떡 버티고 서 있는 모습이 종교개혁가라기보다는 마을 이장님 같습니다. 우리 같으면 테두리를 쳐놓고 못 들어가게 했을 텐데, 드레스덴 사람들은 루터를 둘러싸고 앉아 커피나 맥주를 마시며 웃고 떠듭니다.

프라우엔 교회 앞에는 맛있는 식당들이 즐비한데, 아이는 독일 음식이 지겨운지 이번에는 캐나다 식당에 가자고 합니

프라우엔 교회 앞의 마틴 루터 동상.

사람인지 마네킹인지.

다. 독일에서 먹는 캐나다 음식도 맛있지만, 맥주만큼은 꼭 독일 맥주여야지요. 드레스덴 전통 맥주인 천사표 펠트슐로 센을 주문했어요. 귀여운 천사들이 양 손 가득 거품 맥주를 들고 서 있는 로고도 귀엽고, 맛은 더이상 바랄 게 없는 천국 의 맛입니다.

유독 독일에 많은 변장한 마네킹들을 오랜만에 보니 반갑 네요. 저도 처음 봤을 땐 정말 사람인가 싶어서 옆에 가서 만 져 보고 말도 걸어보고 했어요. 역시나 저희 아이가 가만 있 을 리 없습니다. 가서 만져보고 심지어 마네킹의 콧구멍에 손 까지 갖다 대보더라고요. 숨을 쉬어야 진짜 사람이라며…. 너

신랑 신부를 태울 꽃마차.

무 미안해서 앞에 있는 나무통에 5유로를 넣었습니다. 그 또
한 예술인데, 그냥 보고 지나칠 수는 없지요.

　캐나다 식당이 바로 교회 앞에 있어서 교회에 결혼식을 하
러 온 신랑 신부들을 구경합니다. 맥주를 마시니 온 세상이 좋
아 보이고, 그런 기분으로 그들을 바라봐서인지 더 아름다워
보이네요. 오래된 예술 도시 드레스덴의 모습이 좋고, 이방인
들에게 호의적인 분위기도 좋고, 토요일 오후 이렇게 평화롭
게 앉아 맥주를 마실 수 있어서 좋은, 행복한 하루였습니다.

베를린Berlin

생각하게 만드는 도시 베를린

'필하모니Philharmony'는 phil과 harmony의 합성어입니다. phil은 사랑한다는 뜻의 라틴어 'phila'에서 나온 단어이니, 필하모니는 '하모니를 사랑한다'는 의미지요. 주로 대규모의 관현악단을 일컫는 말이지만, 음악 애호 단체나 협회 또는 음악 회관이나 음악당 등에 붙이기도 해요. '필하모니' 대신 '필'이라고 짧게 줄여 부릅니다.

세계 3대 필하모니를 꼽자면 베를린 필, 빈 필, 뉴욕 필입니다. 그 베를린 필하모니의 고장인 베를린에 왔습니다. 베를린은 1991년에 통일독일의 수도가 되었지요. 그 전에는 본Bonn이 서독의 수도였고요.

베를린은 제2차 세계대전으로 큰 고난을 겪은 도시입니다. 독일 내 다른 도시들도 폭격에 파괴되긴 마찬가지였지만, 베를린은 설상가상으로 미국·소련·영국·프랑스 4개국에 의해 분할 관리되는 운명에 처해졌으니까요.

1961년에 동독 정부가 공산주의 체제의 동베를린과 서방 민주주의 체제의 서베를린을 구분하고자 세운 장벽은 1989년에야 완전히 무너졌으니, 두 베를린은 거의 45년을 각각 반쪽으로 살아온 셈입니다.

그러나 독일 통일 이후 베를린은 유럽에서 가장 인기 있는 도시가 되었어요. 전 세계의 멋쟁이들이 다 모인 듯합니다. 뉴욕을 방불케 할 만큼 다양한 인종이 각각의 개성을 드러내며 살고 있지요. 모든 게 그야말로 핫합니다. 아주 새까만 피부의 흑인을 본 적이 없는 아이는 순간순간 놀래기도 합니다. 새끼줄처럼 꼰 레게머리와 엉덩이에 간신히 걸쳐진 바지를 입고 거리에서 공연하는 힙스터Hipster들을 신기한 듯 쳐다보면서도 막상 앞줄에 앉아 구경하지는 않네요.

베를린은 생각보다 훨씬 넓었습니다. 서울 면적의 1/3이 더 크고 파리의 9배입니다. 서울에서도 사는 동네만 간신히 다니는 제가 하루에 베를린 구경을 다 하겠다고 하는 건 누가 봐도 욕심입니다. 깨끗이 포기하고 '베를린의 허파'라는

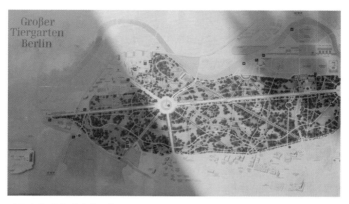
베를린의 허파 티어가르텐.

티어가르텐의 숲을 지나 암 노이엔 제am Neuen See라는 낭만적인 비어가르텐에서 음료수 한 잔 마시고 베를린 필하모니가 상주하는 콘서트홀로 갑니다. 유럽에서 가장 볼 만하다는 동물원에도 가고 싶지만 아들이 사자를 더이상 신기해하지 않기에 곧바로 필하모니로 갑니다.

베토벤 '교향곡 9번 〈합창〉' 중 4악장 '환희의 송가'

클래식 음악은 몰라도 베토벤은 알고, 베토벤 작품을 몰라도 이 곡은 한번쯤 들어봤을 겁니다. 매년 연말이면 전 세계 연주회장에서 울려 퍼지는 곡이니까요. 보통 '환희의 송가'라고 불리는데, 정식 명칭은 베토벤의 '교향곡 9번 〈합창〉'의 4

악장이에요. 베토벤이 54세에 완성한 곡입니다.

베토벤은 20세 때인 1790년 고향인 본에서 이 곡에 대한 구상을 시작했습니다. 세상을 떠나기 5년 전인 1822년 10월에 런던의 필하모닉 협회로부터 교향곡 의뢰를 받자, 이것을 계기로 오랫동안 묵혀두었던 이 곡을 완성합니다. 첫 공연은 1824년에 자신의 지휘로 행해졌는데, 그때 베토벤은 이미 귀가 들리지 않았어요. 하지만 자기가 생각한 음악을 마음속의 울림으로 듣고 지휘를 합니다. 베토벤의 일생을 다룬 영화 〈카핑 베토벤〉에는 제자가 무대 아래에서 음악을 들으며 지휘하는 것을 베토벤이 보며 상황을 이해하는 장면이 나오기도 합니다.

곡의 총 연주시간은 70분가량으로 CD 하나에 꽉 찰 분량입니다. 네 개의 악장으로 구성되어 있는데, 4악장만 29분이나 되는 긴 곡이에요. 4개의 악장 중에서도 실러의 시에 곡을 붙인 '환희의 송가'가 우리에게는 가장 익숙합니다.

전형적인 교향곡의 틀에서 벗어나 2악장은 스케르쵸, 오히려 3악장이 느린 아다지오이고 4악장에는 합창이 가미되어 있습니다. 처음 들을 땐 4악장에 환희의 송가가 있을 거라는 것을 예측하기 어렵습니다. 그 멜로디가 처음부터 나오는 게 아니거든요. 제 곁에서 음악을 꽤 듣는 아이도 언젠가 제

베를린 필하모니 콘서트 홀 외관.

베를린 필하모니 콘서트 홀 내부.

게 묻더군요. 이게 베토벤 음악 맞냐고요? 어쩌면 헷갈려하는 게 당연합니다. 환희의 송가는 10분 뒤쯤 나오니까요.

이 곡은 뭔가 정리가 되지 않은 것처럼 우당탕탕 소란스럽게 시작해요. 팀파니가 지휘자의 손끝에 맞춰 큰 소리로 연주를 시작하면 목관악기와 금관악기가 서로 아우성치듯 따라옵니다. 그리고 저음의 첼로와 더블 베이스가 등장하지요. 많은 음악에서 멜로디를 담당하는 바이올린이 이 곡에서는 처음부터 등장하는 게 아니라 조금 늦게 불안한 리듬으로 슬쩍 들어옵니다. 시작한 지 5분 정도 되면 그제야 첼로가 '환희의 송가' 멜로디를 조용히 연주합니다. 그 뒤에도 엎치락뒤치락하면서 음악이 연주되다가 멈칫 했다가를 반복하고서는 드디어 네 명의 독창자와 합창단이 등장해서 웅장한 이 음악을 마무리합니다. 기악이 중심인 교향곡에 성악이 섞인 최초의 곡인 합창 교향곡은 여러모로 음악사적인 의미가 큰 곡입니다.

베를린 필 콘서트 홀은 베를린 문화포럼Kulturforum 지구에 속해 있고 포츠다머 플라츠Potsdamer Platz와 인접해 있습니다. 정말 볼거리는 노랗게 뻗은 건물 외관입니다. 브레멘 출신의 건축가 한스 샤룬Hans Scharoun의 설계로 1960년대에 지어진 건물인데, 지붕의 모습이 마치 서커스단의 텐트 같아요. 아이는 저희가 서커스 보러 가는 줄 알았다며 약간 실망하는 눈치입니다. 하기야 아들은 베를린 필 구경보다 서커스가 더 재

브란덴부르크 문.

미있겠지요. 그래도 엄마가 피아니스트인데 베를린 필하모니 전용 홀에 대한 설명을 해줘야겠지요?

5각형으로 설계된 콘서트 홀은 객석이 무대를 품고 있는 구조입니다. 어느 자리에서든 무대가 잘 보이고 소리도 잘 들리게 되어있어요. 여기까지 왔으니 베를린 필하모니가 연주하는 교향곡을 듣고 싶은 마음이 굴뚝같지만, 어린 아들과는 아직 무리입니다. 홀을 둘러보는 것으로 만족할래요.

홀로코스트와 피아니스트

베를린 필 홀을 나와 유럽 유대인을 위한 추모비를 둘러봅니다. 사진으로만 보다가 실제로 보니 가슴이 뭉클해지고 울컥하네요. 동족끼리 피를 흘리는 싸움을 하고, 이산가족이 되고, 그중 누군가는 죽어서 더이상 만날 수도 없는 비극을 겪은 대한민국의 국민으로서 베를린을 맘 편히 둘러보기란 쉽지 않습니다. 가는 곳마다 많은 생각을 하게 돼요.

엄마! 저 돌들은 뭐예요?

브란덴부르크 문 남쪽의 엄청 넓은 공간에 세워진 콘크리트 비석 2711개. 2차 세계대전 때 학살된 유럽 유대인을 추모하는 비석입니다. 아이는 처음엔 돌로 만든 블록인 줄 알고 신기해하다가 설명을 듣더니 조용히 비석을 쓰다듬습니다.

"사람을 죽이는 건 정말 나쁜 짓인데… 가족들이 많이 슬프겠어요…."

"사람은 누구나 실수를 할 수 있지만 꼭 반성을 하고 다시는 하지 말아야 해. 그리고 사람을 죽이는 전쟁은 인간이 절대로 해서는 안 될 일이란다."

아이와 주거니 받거니 이야기를 나누고 생각도 나눕니다. 다양한 문화가 공존하는 물티쿨티Multikulti의 도시 베를린. 이곳에서는 한없는 자유와 한없는 엄숙함이 '따로 또 같이' 조

Warum? '왜' 라는 단어가 정말 의미를 갖는 도시, 베를린.

화를 이루고 있습니다.

여러 가지 되새길 거리를 만들어준 베를린을 떠나며 잠시 생각해 봅니다. 아이가 아직 어려서 베를린 필의 공연도 못 보는데 베를린까지 온 이유가 뭐지? 그러다 깨달았습니다. 사람의 생명이 가장 중요하다는 것을 다시 한 번 깨닫는 시간이었다는 것을요.

쇼팽 '녹턴' 20번, C#단조, op. 유작

베를린에서 가장 듣고 싶은 작곡가는 쇼팽이었습니다. 제2차 세계대전은 1939년 독일의 폴란드 침공으로 시작되었지요. 저 같은 음악인들에게 폴란드는 바로 쇼팽의 나라입니다. 폴란드 사람들은 뭔지 모르게 우리와 정서가 비슷해요. 그들도 강대국의 침입을 많이 받았고 그래서 억울하고 한이 많기 때문일까요.

쇼팽의 '녹턴' 20번은 그의 나이 21세에 작곡되었는데, 쇼팽 사후에 발견된 곡이라 '유작posth'이라고 부릅니다. 그 나이에 이런 감정을 표현하다니, 아무리 생각해도 옛날 사람들은 우리보다 감성이 훨씬 깊은 것 같아요. 저는 그 나이에 그저 노느라고 정신이 없었던 것 같은데, 이 곡을 들어보면 쇼팽은 이미 세상살이의 경험을 다 한 사람처럼 느껴져요. 스무 살에 조국 폴란드를 떠나야했기에 너무 빨리 애어른이 된 걸까요? 아니면 일찌감치 사랑의 열병을 앓느라 인생의 쓴맛 단맛을 다 알아버린 것일까요?

피아니스트라 그렇기도 하지만 저는 피아노의 시인이라고 불리는 쇼팽을 특별히 좋아합니다. 특히 이 곡은 절망과 희망이 반복되는 인생과 참 비슷하다는 생각이 들어요. 저는 이 곡을 통해 많은 위로를 받았습니다. 힘들 때면 이 곡을 듣곤 했거든요. 그래서 더욱 가슴에 남아있는 지도 모르겠어요.

이 곡을 연주하다 보면 오른손, 왼손이 딱딱 맞아떨어지지가 않아요. 이런 걸 잇단음표라고 하는데, 피아노를 연주할 때 양손이 맞지 않으면 되게 불편하게 느껴지거든요. 엇박

자로 대충 융통성 있게 밀고 당기면서 연주하는 게 생각보다 쉽지 않습니다.

인생도 반드시 딱 맞아떨어지진 않잖아요. 밀기도 하고 당기기도 하고! 착하게 살았는데 시련이 오고, 규칙을 지켰는데 오히려 손해를 보는 것처럼 말이에요. 그럴 때면 화가 많이 나지만, 이 곡을 연주하면서 마음을 풀곤 합니다.

첫부분의 쿵하고 누르는 그 코드를 칠 때 이미 마음도 쿵해집니다. 이루 형언하기 힘든 절망이 그 한 음에서 느껴져요. 중간에 끊어질 듯 말듯하면서 음표보다 쉼표가 훨씬 분위기를 긴장하게 만듭니다. 이 곡은 특히 로만 폴란스키 감독의 영화 〈피아니스트〉에 삽입되어 큰 인기를 누렸지요. 폴란드 피아니스트 블라디슬로프 스필만의 생애를 다룬 영화였는데, 주인공 스필만이 바르샤바에 있는 한 방송국에서 이 곡을 연주하는 도중에 독일군의 폭격을 받고 피신하는 것에서 이야기가 시작되지요. 이 곡을 들으면 전쟁의 폐허 속에서 살아남은 그 피아니스트의 얼굴이 자연스레 떠오릅니다. 원래 유명한 곡이지만 영화 때문에 더 많이 알려졌지요. 그래서 피아노뿐만 아니라 바이올린 편곡으로도 많이 연주됩니다.

저는 이 곡을 무대에서 연주할 때마다 힘들게 산 예술가들이 떠올라요. 자신이 꿈꾸는 예술이 세상에 빛을 드러낼 때까

지 고군분투하는 예술가의 숙명 같은 애잔한 느낌이 있거든
요. 예술이라는 건 사랑해서 빠져 들었지만 헤어 나오기는 정
말 힘든, 그런 겁니다.

쾰른Köln

　이제 독일에서의 마지막 목적지인 쾰른에 왔습니다. 역시, 오길 잘했어요! 도시 공항버스가 높디높은 쾰른 돔 앞에 저만 덩그러니 내려놓고 떠났던 20년 전 그 밤. 건너편의 환하게 켜진 노란 맥도널드 간판을 보니 그제야 서울을 떠나왔다는 실감이 들며 덜컥 겁이 났습니다. 이제부터 어떻게 혼자 살까? 당장 오늘 여기서부터 하숙집까지는 어떻게 가야 하나? 난 무슨 용기로 여기까지 날아왔지? 등등. 하나마나한 고민을 하며 눈물을 흘리던 스물세 살의 저는 20년 후 다시 그곳에 서 있습니다. 꼭 닮은 아들을 데리고요.

　쾰른은 제가 유학을 와서 공부를 시작한 곳이에요. 사람은

현대식으로 지은 쾰른 국립음대.

학교 앞에서.

자신의 추억이 얽힌 곳을 더 기억한다지요. 보통의 관광객이라면 경제 기적을 일으켰다는 라인 강과 전쟁의 폭격에서 살아남은 쾰른 성당을 먼저 보겠지만, 저는 야스민 거리 20번지에 위치한 제가 살던 2층 양옥집과 공부했던 쾰른 음대가 가장 보고 싶습니다.

스무 살에 운명처럼 쾰른 음대 교수님을 만나 독일까지 오게 됐던 제게 쾰른은 역사의 도시예요. 몇 년 전부터 연락이 끊긴 노교수님은 아직 살아계실까요? 혹시라도 돌아가셨다는 이야기를 들을 것 같아 연락을 드리기가 두려웠습니다. 라이프치히와는 다르게 완전히 현대식 건물로 지어진 쾰른 음대는 얼마나 변했을까요? 아직도 그 앞엔 한국 유학생들의 허기를 책임지던 분식집 '아리랑'이 있을까요?

'라인 강의 기적'이라는 표현을 수도 없이 들었건만, 막상 라인 강에 와 보니 기대보다 훨씬 소박했습니다. 쾰른 음대 건물을 나오자마자 옆길로 빠지면 라인 강이 나오는데, 레슨이 힘들었거나 연주를 제대로 못한 날엔 벤치에 앉아 강 건너를 멍하니 바라봤던 기억이 납니다. 지금은 '푸하하' 하고 헛웃음이 나와요. 연주 한 번 실수한 게 뭐 그리 대단하다고 '강물에 확 빠져버릴까!' 하는 생각을 했을까요? 아무튼 쾰른은 그렇게 제 머릿속에 남아있습니다.

나의 천국, 야스민 거리 20번지

단테의 《신곡》에는 천국과 지옥과 연옥의 세계가 있습니다. 사후 세계를 경험해 보진 못했지만, 천국이란 자고로 행복한 곳이고 지옥은 괴로운 곳이며 연옥은 심판을 기다리는 곳이라는 것은 압니다. 쾰른을 다시 찾은 오늘, 한시라도 빨리 보고 싶었던 곳은 바로 야스민 거리 20번지입니다. 저에게는 정말 천국과 같았던 곳이에요.

피곤한 몸을 편하게 눕힐 수 있고, 피아노 연습을 마음껏 할 수 있었으며, 손질이 안 되긴 했지만 넓은 정원에 사과나무와 체리나무가 가득했던 곳. 단독주택 1층이라 부엌도 널찍한 데다 저 혼자 쓰는 공간이어서 한국 음식도 편하게 해 먹을 수 있었습니다.

피아노를 전공하는 학생들은 어디서건 피아노를 놓을 큰 방이 필요한데, 유학생인 제게 이 집은 정말 축복이었어요. 저의 스타인웨이 피아노가 충분히 들어갈 수 있을 정도로 방이 컸거든요. 세입자라고 갑자기 쫓겨날 걱정은커녕, 주인 할머니는 혼자 사니 외롭다며 저에게 오래 있어달라고 부탁까지 하셨어요. 저는 1층에 살고 할머니는 2층에 사셨는데, 할머니는 제게 오히려 창문을 열고 연습하라고도 권하셨어요. 슈뢰더 할머니가 살아 계신다면 지금 100세쯤 되셨을 텐데….

야스민 거리 20번지.

20년 만에 와 보니 대문이 굳게 닫혀있습니다. 아마도 할머니가 돌아가신 뒤로 이 집은 방치된 듯해요. 하지만 제가 사용했던 방의 하얀색 창문 커튼은 그대로 있네요. 그 시간들이 주마등처럼 머릿속을 스쳐갑니다. 영화 〈시네마 천국〉에서 주인공 살바토레가 영화감독으로 성공한 후 고향에 돌아와 알프레도 아저씨를 생각하며 영사기를 돌려볼 때 이런 기분이었을까요?

저의 유럽을 처음 있게 한 곳. 낡고 허름했지만 이 집은 저에겐 천국이었습니다. 큰 방의 통유리 창으로 하늘을 쳐다보고 바람을 느끼며 정말 열심히 피아노를 쳤었지요. 아들에게 꼭 제 방을 보여주고 싶었는데 아쉽네요. 슈뢰더 할머니가 저희를 만났다면 얼마나 반가워하셨을까요?

먼 나라에서 온 생면부지 유학생을 따뜻하게 대해주셨던 슈뢰더 할머니. 제게 이 집이 천국의 느낌으로 남아있는 건 할머니와의 애틋하고 진솔했던 교감 덕분일 겁니다. 할머니가 많이 보고 싶네요.

다시 만난 쾰른

쾰른은 독일의 서쪽에 위치해 있습니다. 그래서 벨기에나 프랑스·네덜란드 등의 인접 국가로 이동하기가 참 편리해요. 쾰른은 베를린·함부르크·뮌헨에 이어 독일에서 네 번째로 큰 도시입니다. 규모에 어울리게 박물관이나 미술관이 참 많은데, 이 건물들 역시 모두 중앙역 근처에 위치해 있어요.

일단 제일 유명한 건물은 뭐니 뭐니 해도 쾰른 대성당Dom입니다. 두 개의 뾰족한 탑은 얼마나 높은지 하늘을 찌를 것 같습니다. 관광객이 몰리는 여름엔 탑에 올라가는 줄에서만 몇 시간씩 기다려야 해요. 하지만 꼭대기에서 바라본 쾰른 시내 전경은 정말 멋집니다. 중앙역 바로 앞에 있어서 친구들과의 약속 장소는 늘 돔 앞이었어요.

대성당에서 뒷골목으로 나오면 라인 강변으로 이어집니다. 그곳에는 쾰쉬Kölsch를 파는 식당들이 즐비합니다. 쾰른

퀼른 대성당.

은 지역 맥주인 퀼쉬와 향수 '오 드 콜로뉴Eau de Cologne'로
도 유명합니다. 맥주를 못 마셨던 제가 독일에 와서 처음 제
대로 된 맛있는 맥주라고 먹어본 게 퀼쉬였어요. 독일에는 맥
주의 나라답게 천 개가 넘는 양조장이 있는데, 그중 하나가
퀼쉬예요.

　향수 오 드 콜로뉴는 18세기 초기 조향사 조안 마리아 파
리나가 만들었는데, 그의 고향인 퀼른의 이름을 따서 '오 드
콜로뉴(퀼른의 물)'라고 부릅니다. 향수를 만드는 공장의 주소
가 4711번지여서 '4711'이라고도 부르는데, 지금도 퀼른에
오는 관광객들에게 매우 인기 있는 제품이랍니다.

쾰쉬 맥주를 파는 식당.　　　　　　　　　　　　　　　　　쾰쉬 맥주.

　　라인 강변으로 내려가기 전에 더 둘러볼 곳이 한 군데 있
습니다. 음악의 나라 독일답게 쾰른에는 또 쾰른 필이 있지
요. 쾰른의 음악 행사를 전적으로 담당하는 쾰른 필의 독일
어 이름은 '귀르체니히Güerzenich 오케스트라'예요, 귀르체니
히는 1400년대 중엽에 지어진 시립 연회장 건물 이름인데, 당
시 그 땅을 소유했던 귀족 가문의 이름에서 유래한답니다. 아
무튼 서양 사람들은 자기 이름 붙이는 거 정말 좋아해요. 귀
르체니히 오케스트라는 1827년에 발족했는데 유독 발음하기
쉽지 않은 이름인지라, 외부에서는 쾰른 필이라고 부릅니다.
쾰른 필하모니는 국내 클래식 애호가에게 '브루크너 전문가'
로 존경받던 거장 귄터 반트가 젊은 시절에 지휘했던 곳이기

도 합니다.

쾰른 필에서 연주를 보고 뒤쪽 라인 강변으로 향하면 그냥 지나칠 수 없을 만큼 맛있는 냄새가 사람들을 유혹합니다. 다리 건너에 있는 초콜릿 뮤지엄을 바라보며 라인 강에서 학세(돼지 족발)나 브라트 부르스트(구운 소시지)와 함께 쾰쉬 몇 잔을 마십니다. 술을 잘 못 마시는 저도 이렇게 군침이 도는데, 맥주 애호가들은 어떻겠어요. 예술을 하는 사람도 예술을 하지 않는 사람도 모두가 예술을 즐기는 독일인들의 일상 풍경입니다.

오펜바흐 오페레타 〈천국과 지옥〉 중 '캉캉'

쾰른은 기원전 37년 로마에 의해 건설된 옛 도시지만 감각만큼은 매우 현대적인 도시입니다. 서쪽의 프랑스 · 네덜란드 · 벨기에와 가까워서인지 새로운 것을 받아들이는 것에 거부감이 적습니다. 여기 쾰른에서 태어나 프랑스에서 활동한 작곡가가 있어요. 바로 자크 오펜바흐(Jacques Offenbach, 1819~1880)입니다. 작곡가이자 지휘자이며 첼로 연주자이기도 했던 오펜바흐는 전통적인 오페라보다 좀 더 경쾌하고 가벼운 오페레타를 90곡이나 만든 천재입니다. 참고로 오펜바흐와 바로크 시대의 바흐와는 전혀 관계가 없는 사람이에요.

이름이 비슷해서 가끔 궁금해 하는 분들이 있더라고요.

퀼른 하면 떠오르는 또 하나의 이미지는 바로 카니발Carnaval 입니다. 유럽에서 카니발이란 우리나라 봄방학 같은 의미인데요. 시기적으로는 2월 중하순에 열리는 축제로, 부활절 전 사순절이 다가오기 전에 하는 마지막 파티입니다. 사순절 동안 금욕과 금식을 해야 하므로, 그전에 실컷 먹고 노는 것이지요.

퀼른의 카니발에서 빠지지 않는 음악이 바로 이 오펜바흐의 '캉캉'입니다. 캉캉은 1830년경 파리의 댄스홀에서 유행한 활발한 사교춤이에요. 다리를 높이 차며 추는 서민들의 춤으로, 화려한 드레스 자락이 허공에서 꽃처럼 활짝 펴지면 아주 매력적이지요. 템포가 빠른 캉캉은 프렌치 캉캉이라고도 불리는데, 하이킥을 비롯해 한쪽 무릎을 들고 다리를 빙빙 돌리는 묘기까지 보고 나면 절로 박수가 터집니다.

이 캉캉이 등장하는 작품이 바로 오펜바흐의 재미난 오페레타 〈천국과 지옥〉입니다. 원제는 '지옥으로 간 오르페우스'입니다만, '천국과 지옥'이라는 제목으로 더 알려졌지요. 당시 오펜바흐의 오페레타는 경쾌하고 희극적인 내용이어서 대중에게 인기가 많았습니다. 경박하고 퇴폐적인 유럽 상류사회의 타락을 그리스 신화의 주인공을 통해 풍자했거든요.

게다가 오펜바흐는 극장을 직접 운영했기에 자유롭게 자신의 작품을 올릴 수 있었지요.

다른 오페라와는 달리, 가수들의 대화를 음악 선율이 가미된 레치타티보가 아닌 일상적인 대화로 표현해서, 공연을 보고 있으면 만담이 들어있는 마당놀이처럼 친근하게 느껴집니다. 이해하기 쉬운 음악이 가까이 다가가기에 좋지요. 아이들은 오페라의 내용보다는 리듬과 멜로디가 신나는 '캉캉'을 좋아하는 것 같아요. 이 음악을 들려주면 아마 어디서건 춤을 출 거예요. 까르륵까르륵 웃음소리가 들려오네요.

생상스 관현악 모음곡, 〈동물의 사육제〉

프랑스 태생의 카미유 생상스는 1886년 카니발 기간에 오스트리아에 사는 친구를 방문합니다. 그곳에서 카니발 음악회를 위한 곡을 만들었는데, 바로 〈동물의 사육제〉입니다. 카니발 기간에는 사람들이 여러 가지 모습으로 변장을 하는데, 굉장히 화려하고 흥미롭습니다. 저희 같은 유학생들에겐 최대의 볼거리이자 즐길거리였지요. 내성적인 생상스였지만 이 곡에서는 동물에 비유해 자신의 감정을 드러낼 수 있어서 자유롭게 작곡을 합니다. 전체 열네 곡으로 구성된 모음곡으로, 그중 가장 유명한 곡은 열세 번째 곡인 '백조'입니다.

생상스는 1835년에 태어나 1921년에 죽었는데, '모차르트의 재래'라고 할 만큼 천재적이었다고 해요. 그는 문학, 역사 심지어 천문학에도 관심이 깊어 점성술까지 연구했습니다. 어찌 보면 '마법사가 만든 어린이 음악'이지요.

중간 중간 동물들의 특징을 표현한 유머러스한 부분이 많은 데다 여러 가지 악기로 표현해서 아이들도 좋아하는 곡이에요. 사자왕도 있고 캥거루도 있고 거북이, 노새 등 음악으로 듣는 동물의 왕국입니다. 아이와 함께 음악을 들으면서 제목을 맞춰보는 것도 재미있는데, 저는 열네 곡 중 마지막 곡인 '피날레'를 아주 좋아해요.

생상스가 생전에 '백조' 외에는 발표를 하지 말라고 했다는데, 그래서인지 이 곡은 결국 작곡가 사후에야 전곡이 출판되었습니다. 피날레에서는 앞에서 등장한 모든 동물들이 다 나와 오펜바흐의 〈천국과 지옥〉 피날레 멜로디에 맞춰 축제를 즐깁니다. 특히 거북이 편에는 〈천국과 지옥〉에 들어 있는 캉캉 멜로디가 아주 느린 버전으로 편곡되어 나옵니다. 이 음악은 월트 디즈니가 만든 클래식 애니메이션 영화 〈환타지아〉에도 나오는데, 영상과 함께 보면 더 재미있어요.

음악을 사랑하는 좋은 엄마

여기까지 보고 이제 쾰른에서 독일 여행을 마칩니다. 배경은 똑같은데 주인공만 바뀐 영화를 본 듯했다고나 할까요. 바흐를 품고 있는 라이프치히와 처음으로 유럽을 느꼈던 쾰른도 모두 그대로인데, 저만 변한 것 같았어요.

세계적인 피아니스트가 되고 싶었던 유학생의 꿈은 음악을 사랑하는 좋은 엄마 되는 것으로 대폭 수정되었지만, 아직은 성공적인 변신 같아요. 아이에게 독일 여행이 어땠냐고 물었더니 바로 대답하네요.

"엄마가 외국 사람이랑 말을 잘해서 놀랐고, 멋진 곳을 데려와 주셔서 고마웠어요. 음… 엄마는 정말 나를 좋아하는 것 같아. 엄마가 그랬잖아요. 좋아하는 사람들은 자기가 좋아하는 걸 나눠 갖는다고. 엄마가 나랑 음악 같이 듣고 싶어서 여행 온 거니까 우린 나눠가졌다. 그렇죠?"

엄마 이전에 음악을 공부한 학생 조현영을 보여주고 싶었고, 제가 좋아하는 음악을 아이와 함께 느끼고 싶었던 독일 여행. 또다시 올 것을 기약하며, 이웃나라 오스트리아로 떠납니다.

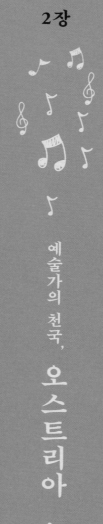

2장

예술가의 천국,

오스트리아

빈 Wien

'19세기 예술의 메카'라는 표현이 입증하듯 빈은 곳곳에서 여러 예술가의 흔적을 만날 수 있는 도시입니다. 독일 태생의 베토벤과 브람스마저도 이곳에서 생을 마감할 정도로 그들에게 빈은 제2의 고향이었습니다. 너무 유명해서 오히려 지나치기 쉬운데 사실은 자세히 들여다보고 깊이 느껴야 할 것들이 가득한 도시예요.

매년 새해 첫날 빈 황금홀에서 연주되고 전 세계로 방송되는 요한 슈트라우스의 왈츠는 그들에게 어떤 의미인지 궁금하고, 도심 한 복판에 자리한 슈테판 성당과 오페라 극장, 호프부르크 궁전과 궁정극장Burg Theater, 빈 음악협회 뮤직페라인홀과 콘체르트하우스, 시립 공원, 아름다운 쉔부른 궁전과

일상에서 예술을 즐기는 빈 사람들-오페라 극장 앞.

벨베데레 궁전, 음악가들의 묘지 등, 보고 싶은 것들이 한도
끝도 없습니다. 그러나 빈에서 제가 아이에게 보여주고 싶은
것은 뼛속 깊이 예술의 유전자가 들어 있는 빈 사람들의 삶
의 방식입니다.

설렌다는 건 축복입니다

아이와 함께 여행을 하며 깨달은 것이 있습니다. 엄마에게
는 걱정 되는 일이 아이에게는 설레는 일이라는 것을요. 낯선
환경을 두려움이 아닌 설렘으로 받아들이는 아이가 대견하

면서도 부러웠어요. 그러니 걱정할 것 없는 빈에서 설레는 마음만 챙겨 천천히 즐겨보기로 합니다.

지금의 오스트리아가 되기까지 이 나라는 상당히 복잡한 역사를 지니고 있습니다. 오랫동안 초기 신성로마제국의 중심지였던 이곳은 유럽에서 가장 긴 가문의 역사를 가진 합스부르크 왕가(1273년~1918년)를 거쳐 1918년에 공화국이 됩니다. 이후 세계대전이라는 뼈아픈 역사를 거치면서 강력한 독일과 이웃한 나라, 오스트리아가 되었습니다.

오스트리아의 수도 빈은 19세기 중반까지 성벽으로 둘러싸인 도시였는데, 1858년에 성벽을 철거하고 '링Ring'이라고 불리는 도로 시스템으로 도시 전체를 재설계했고, 지금 그 길에는 트램Tram이 다닙니다. '링'이란 일종의 순환도로 같은 건데요, 슈테판 성당을 중심으로 반경 1킬로미터 이내에 랜드마크가 많아서 빈을 돌아볼 때는 1, 2번 트램을 타는 것이 좋습니다.

유럽의 대도시들에는 대부분 성당 주변에 광장이 펼쳐져 있어요. 주민들의 삶이 교회와 광장을 중심으로 진행되었다는 증거겠지요. 슈테판 광장에 서 있는 성당은 마리아 테레지아 여왕이 가장 좋아했다는 황금색으로 전체를 휘감고 있습니다. 빈에 와서 제1구의 핵심 장소인 슈테판 성당만 자세히

슈테판 성당.

슈테판 성당의 미사.

관찰해 봐도 클래식 음악의 흐름을 느낄 수 있어요.

슈테판 성당에는 소년합창단의 역사가 있습니다. 1498년, 합스부르크 왕가의 황제 막시밀리안 1세에 의해 설립된 성 슈테판 소년합창단이 바로 빈 소년합창단의 전신이거든요. 잘츠부르크를 대표하는 음악 소년이 모차르트였다면 빈을 대표하는 소년들은 이 소년합창단이었습니다. '교향곡의 아버지' 프란츠 요제프 하이든(Franz Joseph Haydn, 1732~1809)이 1740~49년에 이 소년합창단에서 노래했고, '가곡의 왕' 프란츠 슈베르트(Franz Peter Schubert, 1797~1828)도 이 합창단의 단원이었어요.

이 합창단은 주로 궁정 안에서만 노래했는데, 왕조가 몰락하면서부터 그들의 천사 같은 목소리가 궁정 밖으로 퍼지게 되었다는군요. 100명 남짓의 변성기 전 소년들로만 이루어진 현재의 빈 소년 합창단은 기숙사에서 함께 생활하며 학업과 음악을 병행합니다. 각각 30명 정도로 편성된 4개의 그룹 중 3개는 해외 활동을 담당하고 나머지 하나가 빈 왕궁 교회 Hofmusikkapelle의 예배나 콘서트 등 국내 활동을 담당합니다.

가장 아름다운 음악은 깨끗하고 맑은 어린이의 목소리라는 말이 있듯이, 전 세계에서 빈 소년합창단의 인기는 멈출 줄을 모릅니다. 슈테판 성당의 미사에 참석하여 천사들의 합창을 들으니 얼마나 가슴이 뛰던지요. 단언컨대 설렌다는 건

축복입니다.

참, 천재 모차르트(Wolfgang Amadeus Mozart, 1756~1791)의 결혼식과 장례식도 이 성당에서 거행되었다지요.

모스틀리 모차르트! 모스틀리 초코렛!

슈테판 성당에서 국립오페라극장Staatsoper까지 가다보면 남쪽으로 나있는 명품거리 케른트너 스트라세Kärntner Straße를 지나게 됩니다. 빈에서 가장 번화한 거리임에도 보행자 전용도로라 여유롭게 걸으며 구경할 수 있어요. 600미터의 짧은 길에 세상의 모든 신기한 것들이 다 모여 있는 듯합니다. 합스부르크 왕가가 사랑한 크리스털 주얼리 전문점 스와로브스키숍, 명품시계점, 호텔 자허Sacher, 카지노, 유명 디자이너들의 부티크 등 유혹하는 곳들이 많습니다. 골목 한가운데에 아이들이 음악 체험하기 좋은 '음악의 집Haus der Musik'도 있어요.

세계적으로 유명한 빈 필하모니의 기념관도 있으니 아이들이 음악 체험하는 동안 어른들은 기념관을 둘러보세요. 유럽에서 기념관이나 박물관을 보다 보면 늘 느끼는 거지만, 유럽 사람들은 기록하고 정리하고 보존하는 일을 엄청 잘합니다. 빈 필하모니 기념관 역시 입장료가 아깝지 않을 정도로 체험거리가 많고, 그 오케스트라의 설립과 발전상에 대한 기

빈 필하모니의 역사를 보여주는 박물관 내부.

피아노 건반을 재현한 계단.

모스틀리 모차르트 가게.　　　　　　　　　　　모차르트 쿠겔른.

록이 잘 정리되어 있어요.

　음악의 집 말고도 이곳에서 아이들의 관심을 끄는 곳이 또 하나 있어요. 바로 '모스틀리 모차르트 쵸코렛 숍Mostly mozart chocolate shop'입니다. 케른트너 거리 20번지에 위치한 이 가게는 'Sweet Dreams'라고 쓰인 간판 문구부터가 인상적입니다. 달콤한 꿈! 정말 빈에서는 모든 것이 달콤한 꿈이더군요.

　이곳은 유명한 도시 어디에나 있는 일반적인 기념품 가게입니다만, 안으로 들어간 이상 보기만 하고 그냥 나올 순 없어요. 아이는 분명 양손 가득 모차르트 초콜릿과 인형을 쥐고 사달라고 할 거거든요. 알뜰한 엄마도 여기서만큼은 여행자의 사치를 누려보기로 해요. 요즘은 한국에서도 쉽게 구할 수 있지만, 모스틀리 모차르트 숍에서 사 먹는 모차르트 쿠겔른

Mozartkugeln(모차르트 얼굴이 박힌 상자에 든 구슬 모양 초콜릿)은 여행의 피로를 말끔히 씻어줄 만큼 맛있네요. 모차르트는 우리에게 음악뿐만 아니라 초콜릿으로도 달콤함을 선물합니다.

위트 앤 시니컬 모차르트

잘츠부르크에서 태어난 모차르트의 마음 한 구석에는 늘 큰 도시에 대한 욕망이 있었습니다. 그래서 어른이 되자마자 이곳 빈으로 넘어와 왕성한 활동을 하지요. 동시대에 활동한 다른 작곡가들이 기악곡에 관심을 가질 때 그는 성악 특히 오페라 장르에 귀를 기울입니다. 천재는 역시 달라요. 남들과 다른 걸 보는 이 재능.

워낙 재치가 넘치는 그였기에 복잡하고 미묘한 정치 세태도 웃음으로 풀어냅니다. 그야말로 요즘 사람들이 원하는 '위트 앤 시니컬'이 동시에 되는 예술가지요. 아마 이 웃음 덕에 아이들에게도 인기가 많은가 봐요.

슈테판 성당과 더불어 빈의 2대 명소로 알려진 국립오페라 극장은 이탈리아 밀라노의 라 스칼라La Sclara 극장, 프랑스 파리의 바스티유 오페라Bastille Opera 극장과 더불어 유럽 3대 오페라 극장으로 불립니다. 빈에는 오페라를 즐길 수 있는 극장이 두 곳 있는데요, 과거에 왕과 귀족들이 즐기던 도심의

빈의 오페라 극장.

'국립 오페라 극장Staatsoper'과 일반 국민들이 애용하던 외곽의 '빈 국민 극장Volksoper'입니다. 지금은 두 곳 모두에서 훌륭한 공연들을 볼 수 있습니다. 국립 오페라 극장은 1869년 5월 궁정 오페라 극장으로 세워진 후 1918년 현재의 명칭으로 변경되었는데, 개장 기념으로 모차르트의 오페라 〈돈 조반니Don Giovanni〉를 공연했습니다. 제2차 세계대전으로 많이 훼손되었으나, 전쟁이 끝난 후 1955년에 베토벤의 〈피델리오Fidelio〉를 무대에 올리면서 다시 문을 열었지요. 좌석 수는 총 2209석(좌석 1642석, 입석 567석)이고 오페라·발레 작품을 연간 300회 이상 공연하는, 규모나 공연 횟수에서 단연코 유럽 최고의 극장입니다. 7~8월에는 극장의 상주악단이 잘츠부르크 음악제에 참가하기 때문에 휴관합니다.

여기까지 왔으니 입석으로라도 오페라 극장에서 오페라 한 편 보고 싶은 마음이 굴뚝같지만, 대부분 공연 시간만 3시간이 넘는 터라 과감히 포기합니다. 어디서건 공연은 집중해서 봐야 진가를 느낄 수 있는데, 아이가 딱 붙어있으니 그건 무리네요. 피곤하고 졸리다고 울기라도 하면 어쩝니까. 큰 낭패지요.

사실 아이는 슈테판 성당 근처에 있는 '피가로의 집Figaro Haus'을 둘러본 후 모스틀리 초콜릿을 먹은 것까지만 기억하

빈 오페라 극장 내부.

티셔츠에 새겨진 모차르트.

더군요. 그래도 모차르트의 명작 오페라 〈피가로의 결혼〉을 기억해주니 그것만으로도 기특합니다.

모차르트 오페라 〈피가로의 결혼〉 중 '편지 2중창'

모차르트는 참 대단한 음악 이야기꾼이었습니다. 음악에도 여러 장르가 있는데 '오페라'는 대본에 음악과 무용 그리고 무대장치라는 옷을 입혀 또 하나의 재미난 볼거리를 만들어냅니다. 모차르트는 기악곡들뿐만 아니라 훌륭한 오페라들을 여럿 남겼기에, 그의 오페라를 모르고서는 모차르트의 작품세계를 이야기할 수 없습니다. 특히 〈피가로의 결혼〉과 〈마술피리〉 등은 아이들과 함께 즐기기에 적합한 오페라입니다. 서곡이 특히 재미있는 〈피가로의 결혼〉에 대해 잠깐 알아볼까요?

주인공 '피가로'는 바람둥이 알마비바 백작을 모시는 하인입니다. 그는 약혼녀 수잔나와 결혼을 앞두고 있는데, 백작부인에게 애정이 식은 알마비바 백작이 피가로의 신부가 될 수잔나를 유혹하려 합니다. 괴로워하던 수잔나는 백작부인 로지나에게 이 사실을 말하고, 뜻이 맞은 두 사람은 백작을 골탕 먹일 계획을 세웁니다. 수잔나는 백작에게 결혼식 전날 밤에 몰래 만나자는 편지를 씁니다. 사실은 로지나가 수잔나로 변장해서 그 자리에 나가서는, 정체가 탄로 나면 백작을 혼내주고 반성하게 하려는 계획이었지요. 두 여인의 계략을 모르고 수잔나를 의심했던 피가로는 처음엔 화를 냈지만 결국엔 힘을 합쳐 백작을 무릎 꿇게 만들고, 백작부인은 백작의 사과를 받아들여 남편을 용서합니다. 모차르트 특유의 유머 덕택에, 비극이 될 뻔했던 이 모든 상황은 행복한 결말로 끝이 납니다.

모차르트가 이 재미난 오페라를 작곡한 곳이 바로 '피가로의 집'입니다. 이 오페라는 4막으로 구성되어 있고 공연 시간만도 3시간 30분 정도 되는 작품입니다. 극 중에서는 '편지'

라는 제목으로 알려져 있는 두 여자 주인공의 아리아 '저녁 산들바람은 부드럽게'는 극의 내용과는 달리 멜로디가 아주 감미로워서 아이들과 함께 듣기에도 좋습니다.

이 아리아는 영화 〈쇼생크 탈출〉에 참 멋지게 삽입되었지요. 누명을 쓰고 감옥에 갇힌 주인공이 제지하는 간수들 앞에서 보란 듯이 방문을 잠근 후 음악을 틀어요. 그리고 모두가 들을 수 있게 음악을 외부와 연결된 스피커로 내보내잖아요. 삭막한 감옥에서 난데없이 들리는 아름다운 노래, 사람들이 음악 하나에 이렇게 감동한다는 것을 보여준 명장면이지요.

〈피가로의 결혼〉 서곡도 굉장히 흥겹고 재미있어요. 이 오페라를 작곡했던 때가 모차르트의 삶이 가장 행복했던 시기였다니, 그 말이 정말 맞나 봐요. 〈피가로의 결혼〉은 모두가 행복하게 결말을 맺습니다. 엄마는 모차르트에 아들은 초콜릿에 빠진 빈의 하루네요.

예술가들이 사랑한 도시 빈!

오페라 극장을 둘러본 후 카페 자허Sacher에 들렀습니다. 자허 호텔 옆에 있는 카페인데 왕실에도 납품했다는 초콜릿 케이크로 유명한 곳입니다. 저는 슈바르츠Schwarz 커피를 마시고, 아이는 달달한 자허토르테Sachertorte를 먹었어요. 사실

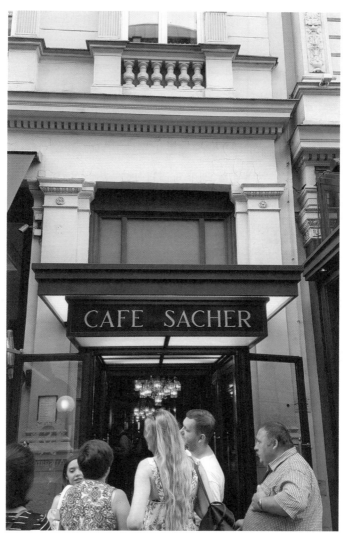

카페 자허 입구에서 대기 중인 사람들.

가격이 사악할 만큼 비싸서 유학 시절에는 엄두도 못 냈던 곳입니다.

이곳은 관광객이나 오페라를 즐기러 온 사람들이 즐겨 찾는 곳이라 예약을 해야 해요. 방금 본 공연의 여운이 사라지기 전에 서로 느낌들을 공유하고픈 사람들로 언제나 북적거리지요. 설혹 빈 테이블이 있다 해도 불쑥 들어가면 안 되고 입구에서 점원이 안내해 줄 때까지 기다려야 하는데요, 아들이 유럽에서는 어딜 가나 기다려야 한다고 투덜거려요. 그래요, 맞습니다. 유럽인들은 기다리는 것에 우리보다 훨씬 익숙합니다. 오늘도 아들은 이국땅에서 기다리는 법을 배웠어요.

현지인처럼 앉아 카페 안을 여유롭게 둘러봅니다. 약 200년 전의 예술가들도 빈의 카페를 사랑했어요. 작가들이 자주 드나들었다는 그리엔슈타이들Griensteidl과 카페 첸트랄Zentral, 화가들의 카페 뮤제움Museum, 정신분석학자 프로이트의 카페 렌트만, 황후 엘리자베트가 사랑한 카페 데멜Demel까지. 빈에서 카페는 그 자체로 역사입니다. 커피 한 잔 시켜놓고 멍하니 앉아 있는 사람, 열심히 신문을 읽는 사람, 창밖을 물끄러미 바라보며 망중한을 즐기는 사람, 일행과 열띤 대화를 나누는 사람들까지, 그 모습도 각양각색입니다. 저쪽 구석에서는 누군가 열심히 글을 쓰고 있네요. 저도 종종 카페에서 글을 씁니다. 적당한 잡음이 은근히 집중력을 높여 주거든요.

날이 갑자기 어둑어둑 해지더니 비가 내려서 더이상 뭘 보기가 어려웠습니다. 그래도 링 안쪽의 호프부르크Hofburg 왕궁은 봐야 해요. 합스부르크 왕가 650년의 역사를 살펴볼 수 있는 호프부르크 왕궁에는 오스트리아의 황후 엘리자베트의 방과 스페인 승마학교 및 국립도서관이 들어서 있고 무기·옛날 악기·에페소스(터키 지방의 유물) 박물관도 있거든요.

궁에 들어가는 입장료가 방에 따라 달라서 어디에서 들어갈까 고민 중인데, 아이는 휘뤄뤄 뛰어가더니 한참 만에 돌아와서는 다 봤다며 그만 가잡니다. 방에 들어가지도 않았는데 뭘 봤다는 거냐고 물으니 대답이 멋집니다. 저 안쪽의 왕궁 정원까지 달려갔다가 모차르트 동상과 높은음자리표 화단을 봤다며, 여기서는 그것만 보면 된다고 큰소리를 뻥뻥 칩니다. 아이고, 웃어야 할까요 울어야 할까요? 자식 이기는 부모 없다니, 밤기차의 피곤함과 비를 핑계 삼아 아이의 뜻을 따르기로 했어요. 빈에서의 첫날이 그렇게 지나갔습니다.

황금동상 아저씨와 놀이터

링 외곽에 있는 빈 시립공원에 왔습니다. 요한 슈트라우스

쿠어살롱 앞의 꽃시계 - 시립공원답게 '우리의 정원'이라고 쓰여 있다.

2세가 바이올린을 켜는 모습으로 우리를 반겨주네요. 왈츠의 왕이라 그런지 동상도 황금색이에요. 아이는 슈트라우스 주니어와 기념 촬영을 했습니다. 입구에 서 있는 동상 앞에는 사진을 찍으려는 사람들이 길게 줄을 이루고 있어서, 순서가 되면 재빠르게 찍어야 합니다. 기념사진 한 장 찍느라 시간이 엄청 걸렸네요. 이제 공원 벤치에 앉아 도시락으로 싸온 주먹밥을 먹고, 공원 내 콘서트홀인 쿠어살롱Kursalon에서 왈츠를 감상할 예정입니다. 봄부터 가을까지는 저녁 8시에 왈츠 공연을 하거든요. 왈츠의 명곡 '아름답고 푸른 도나우'에 맞춰 순백의 드레스를 입은 여인들이 우아하게 추는 왈츠. 그림이 그려지지요?

쿠어살롱에서의 공연을 기다리며 뉘엿뉘엇 지는 석양 아래 망중한을 즐기는데 갑자기 아들이 공연 보기 싫답니다. "아니, 왜? 엄마가 왈츠 공연 보여주려고 여기까지 왔는데?" 아쉽고 내심 서운해서 물었습니다.

"그냥 뛰어놀고 싶어요. 저기 놀이터도 있고요! 나는 놀이터에서 놀고 있을 테니까 엄마는 공연 보고 오세요!"

아! 아이 얼굴을 들여다보니, 넓은 공원에서 뛰어놀고 싶은 표정이 역력해요. 그러고 보니 아이와 함께 느끼려고 온 여행인데, 제가 너무 보여주려고만 했나 봐요…. 하기야 요

빈 시립공원에서 휴식을 즐기는 사람들.

U자형 어린이 놀이터.

즘은 다들 아파트에 사느라 집 근처에서 맘껏 뛰어논다는 건 언감생심인데, 이렇게 넓고 멋진 공원에 왔으니 얼마나 그러고 싶겠어요?

제가 흔쾌히 그러자고 하니 아이는 금세 밝아진 얼굴로 말 떨어지기가 무섭게 쌩하니 달려가는군요. 아이도 자기가 원하는 게 있는데, 부모 입장에서 아이를 위한 것이라고 선택한 것이 욕심이었던 건가 생각하게 한 순간이었습니다. 그래도 이 좋은 곳에서 공연을 못 본다니, 이럴 때는 정말 싱글이 부럽습니다.

요한 스트라우스 2세 '아름답고 푸른 도나우'

빈의 신년음악회는 전 세계적으로 유명한 공연입니다. 지금은 한국에서도 한 유명 극장의 생중계 프로그램으로 감상할 수 있지만 역시 현장에서 보는 것이 최고겠지요. 독일에서 공부할 때 새해 첫날 혼자 집에서 국영방송을 통해 흐르는 왈츠를 들으며 괜스레 울컥했다가 공연이 끝나자 청중과 함께 박수를 쳤던 기억이 납니다.

음악의 도시 빈에서 아이에게 가장 먼저 들려주고 싶은 곡은 바로 신년음악회의 지정곡인 요한 슈트라우스 2세의 '아름답고 푸른 도나우'입니다. 도나우 강은 독일 남부에서 시작하여 유럽의 여러 나라를 지나기 때문에 언어별로 다르게 부릅니다. 영어로는 다뉴브Danube, 독일어로는 도나우Donau, 헝가리어로는 두나Duna라고 불러요. 그래서 도나우 강은 꼭 빈에만 있는 게 아닌데, 슈트라우스 주니어(요한 슈트라우스) 덕택에 도나우 강은 오직 빈에만 있는 것 같이 느껴져요. 루마니아의 작곡가 이바노비치Iosif Ivanovich가 작곡한 '다뉴브 강의 잔물결'이란 곡도 아시지요? 같은 강을 두고 두 작곡가가 각각 너무나 멋진 왈츠 곡을 만든 겁니다. 기회가 된다면 꼭 헝가리 두나 강의 야경도 감상해보시기를 권합니다. 정말 멋져요. 아참! 참고로, 아름답긴 하지만 물색은 생각만큼 푸르지 않습니다.

빛은 어둠 속에서 더 밝게 빛나고, 희망은 절망의 순간에 더 절실해진다지요? 듣고 있으면 저절로 어깨를 움직이게 만드는 음악이 왈츠입니다만, 사실 이 곡은 요한 슈트라우스 2세가 프로이센과의 전쟁(1866년)에서 참패한 후 절망에 빠져 있는 오스트리아 국민들을 위해 1867년에 작곡한 것입니다. 이 곡은 '왈츠의 아버지'라 불리는 요한 슈트라우스 1세의 '라데츠키 행진곡'과 더불어 오스트리아의 비공식 국가國歌입니다. 다시 시작하자는 희망을 표현한 곡이기에 매년 빈 신년 음악회에서 연주되는 게 아닌가 싶습니다.

원래 왈츠는 18세기말~19세기초에 오스트리아와 독일 남부 지방에서 유행한 춤곡 렌틀러Läendler에서 유래한 3/4박자의 춤곡으로, 남녀가 서로 끌어안고 원을 그리며 춤을 추는 모습이 외설적이라 하여 금지된 적도 있었지만 빈 사교계에서는 크게 인기를 얻었습니다. 이것을 요한 슈트라우스 부자가 예술 음악으로 재탄생시킨 것이에요. 그러니까 남녀가 함께 추는 사교춤의 반주음악이 위대한 작곡가에 의해 독립된 기악곡으로 격상된 것이지요. 도시 한가운데에서 유유히 흐르고 있는 도나우 강을 보고 있자니 요한 슈트라우스가 우리에게 전하려는 희망이 무엇이었는지 어렴풋이 느껴집니다.

쇤브룬 궁전 – 마리와 모차르트의 운명적인 만남

결혼 전엔 혼자서 영화를 참 많이 봤어요. 음악과 풍경이 좋은 로맨틱 영화는 두말할 필요 없이 일 순위였지요. 지금은 운명적인 사랑 자체를 믿지 않는 아줌마가 됐지만, 이십대에는 운명적인 사람이 어딘가에 꼭 있을 거라고 믿었어요. 게다가 영화 속 이루어질 수 없는 사랑에 가슴 저미는 애틋함까지 느끼면서 말이에요. 그런 저를 설레게 했던 영화가 바로 〈비포 선라이즈Before Sunrise〉였어요. 우연히 기차 안에서 만나 운명적인 사랑을 꿈꾸는 두 주인공, 그 영화의 배경지가 바로 이곳 빈입니다. 두 남녀 제시(이단 호크)와 셀린(줄리 델피)은 해질녘부터 아침이 밝아올 때까지 대관람차가 있는 프라터 놀이공원Prater Park과 빈의 골목들을 거닐며 마음을 나눕니다. 아마 제가 여전히 싱글이라면 이 영화의 촬영지들을 찾아다니며 운명적인 사랑에 대해 읊조리고 있을 거예요.

하지만 이제 저는 껌딱지 아들을 대동하고 또다른 운명적인 만남의 주인공들을 찾아갑니다. 바로 오스트리아를 대표하는 천재 볼프강 아마데우스 모차르트와 단두대의 이슬로 사라진 합스부르크 왕가의 공주 마리 앙투아네트입니다.

햇빛은 강하지만 바람이 살랑살랑 부는 기분 좋은 아침이에요. 쇤브룬 궁전에는 이미 두 번이나 와봤지만 이번에는 아이와 함께 왔으니 좀 더 세심하게 살펴보려고 합니다. 아침 이른 시간이라 단체 관광객이 없어 한적하고 좋네요. 독일과 오스트리아는 가족 패키지 프로그램이 워낙 다양하고 입장료도 저렴합니다. 저희는 궁전 내부를 모두 둘러볼 수 있는 그랜드 투어 티켓을 샀어요. 입장료에 한국어 오디오 가이드가 포함되어 있네요. 쉔브룬 궁전에서 한국어 설명을 들을 수 있다는 것이 얼마나 자랑스럽던지요.

빈 중심부에 있는 호프부르크가 합스부르크 왕가의 주궁이라면 외곽에 있는 쉔브룬은 여름 별궁입니다. '쉔브룬 Schönbrunn'이란 이름은 아름다운 우물이라는 뜻인데요, 이 궁전은 프랑스 부르봉 왕가의 베르사유 궁전을 본 떠 만들었다고 해요. 이 궁전에는 방이 자그마치 1441개나 있는데, 그중 20~40개쯤이 일반에게 공개됩니다. 이곳에서는 합스부르크 왕가의 유명한 여인들을 모두 만나볼 수 있는데, 제가 특히 아이에게 소개해 줄 사람은 그 유명한 마리 앙투아네트입니다. 드디어 그녀가 있는 '거울의 방Spiegelsaal'에 들어서니, 그야말로 온 사방이 거울에 둘러싸여 있네요.

이곳에서 잘츠부르크 출신 볼프강 모차르트가 마리아 테레지아 여왕 앞에서 연주를 했어요. 그의 나이 여섯 살이었습니다. 무대공포증이나 울렁증 따위는 없는 이 천재는 훌륭한

정원에서 바라본 쇤브룬 궁전의 뒷모습.

쇤부른 궁전 입구에서 모차르트와 함께한 아들.

연주로 여왕을 만족시켜드렸지요. 그리고 한 살 연상인 마리 공주에게 당돌하게 말합니다. "나 크면 너랑 결혼할래!"

아니 여섯 살이 일곱 살에게 결혼 통보를 하다니요! 마리는 그냥 볼프강과 결혼을 했어야 했을까요? 그녀는 숙적 프랑스와의 동맹을 염두에 둔 여왕의 뜻대로 프랑스 왕 루이 16세와 정략결혼을 합니다. 그러나 프랑스혁명이 일어나 결국 38세 생일을 2주 앞두고 단두대의 이슬로 사라졌지요. 천재 모차르트도 35세에 죽었으니, 천재도 공주의 삶도 별로 부럽지 않네요.

그 많은 방들 중엔 프란츠 요제프 황제의 아내인 '시시Sisi' 엘리자베트 황후의 파우더룸과, 황제 나폴레옹이 오스트리아 점령 당시 머물렀던 나폴레옹의 방도 있습니다. 그러나 저는 여덟 살짜리 아이의 요청에 따라 다른 방들 구경을 포기하고 정원으로 나갑니다. 쉰브룬은 여름 별궁답게 겨울보다 여름에 더 멋진 곳이에요. 꽃들이 만발한 정원은 어느 유명 식물원 못지않습니다.

정원을 바라보며 아이에게 모차르트 선생님이 만든 작품 중 아는 곡이 있냐고 물었더니, "엄마! 반짝반짝 작은 별, 영어 시간에 배운 그 노래잖아요!"라고 대답합니다. 맞아요. 쉰브룬에서 멋진 정원을 바라보며 모차르트의 '작은 별 변주

쇤부른 궁전 뒤편에 있는 넵툰 호수와 글로리테.

곡'을 들어보세요. 멜로디가 간단하고 익숙해서 어른도 아이도 부담없이 들을만 한 곡입니다. 아이가 정원에서 작은 돌을 하나 집더니 쪼그리고 앉아 바닥에 이것저것 그리기 시작합니다. 혼자 노래를 흥얼거리며 별도 그렸다가 동그라미도 그렸다가 하더니 저에게 술래잡기 놀이를 하잡니다. 서울의 아파트에서 답답하게 있다가 확 트인 정원을 보니 마냥 좋은 모양입니다.

궁전 뒤편 언덕 위에 당당하게 서 있는 '글로리테'에서 쉰브룬을 내려다보며 상상합니다. 저 멀리에서 마리와 볼프강이 뛰어노는 모습을요. 글로리테 1층에 있는 카페에서 멜랑제 커피와 케이크의 달콤함에 취해 아들을 바라보니 저절로 제 입가에 엄마 미소가 지어지네요.

모차르트 '아, 어머니께 말씀드리죠' 주제에 의한 12개의 변주곡

이 곡은 어릴 때 피아노를 배운 사람이라면 한 번쯤 연주해 봤을 겁니다. 1개의 주제와 12개의 변주로 이루어진 곡입니다. 신동이라는 이유로 인해 여섯 살 때부터 아버지와 함께 유럽 각지로 연주여행을 다녔던 모차르트는 자주 곁을 떠나야 했던 어머니에 대한 애정이 각별했습니다. 모차르트는 아들을 엄하게 교육시킨 아버지 레오폴드에게서 느끼지 못했던 사랑을 따뜻한 어머니에게서 찾았던 것 같아요. 그러나 일

자리를 구하기 위해 유럽 여러 도시를 돌아다니다 파리에 머물던 어느날 어머니의 갑작스런 사망 소식을 듣습니다.

이 곡은 삶의 큰 슬픔을 경험한 모차르트가 오스트리아로 돌아오고 3~4년 지난 1781~1782년에 만든 작품입니다. 다장조의 밝은 분위기로 시작하지만 12개의 변주를 거치는 동안 다양한 리듬과 연주법이 전개됩니다. 연주자에게는 한 가지 주제를 각각의 변주 속에서 다양한 색깔로 연주하는 것이 쉽지 않은 일입니다만, 그런 점이 변주곡의 묘미이기도 하지요.

저는 이 곡을 오래 전부터 자주 연주했는데, 엄마가 된 후로 이 곡이 다르게 느껴져요. 자식을 낳아본 경험이 연주에 엄청난 영향을 끼친다는 걸 또 한 번 느꼈습니다. 중간에 모차르트가 엄마에 대한 그리움을 우울한 느낌으로 표현한 부분이 있는데, 그 부분을 연주할 때면 감정이 복받치는 것을 누르려고 굉장히 애씁니다. 자칫 방심하면 연주 중에 저도 모르게 눈물이 차오르더라고요. 그 순간만큼은 위대한 신동 모차르트가 아니라 엄마를 잃은 가여운 아이 모차르트처럼 느껴지거든요.

이 곡은 국내에 방영됐던 TV 드라마 〈밀회〉에도 삽입되었던 것으로, 스승(여자 주인공)으로부터 희망의 씨앗을 찾아 인생의 새로운 길을 펼쳐나간 제자(남자 주인공)가 연주하는 곡이었지요. 누군가에게 희망이 될 수 있다는 건, 더욱이 그 중심에 음악이 있다는 건 정말 감동적입니다. 모차르트에게 음악이 희망이었듯이 더 많은 누군가에게도 음악이 희망이 되면 좋겠습니다.

잘츠부르크Salzburg

오스트리아의 동쪽 빈에서 출발한 익스프레스 기차는 중간 도시 린츠Linz를 거쳐 잘츠부르크로 향합니다. 빈에서 잘츠부르크까지는 2시간 30분 정도 걸려요. 새벽에 눈도 제대로 뜨지 못한 아이를 기차역까지 간신히 데리고 와서 가까스로 기차를 탔네요. 시간의 효율성을 생각하면 비행기만한 게 없겠지만 유럽여행의 백미는 역시 기차지요.

유럽의 기차는 정말 많은 것을 꿈꾸게 합니다. 돌이켜보면 독일에서의 유학시절에 타봤던 기차가 지금까지 기차에 대한 제 인식의 대부분을 차지하고 있어요. 이곳저곳 기차를 타고 다니며 본 풍경들, 기차 안에서 만났던 사람들과 나눈 진솔한 대화들, 그리고 창밖에 펼쳐진 풍경을 보며 했던 생각

우리가 타고 온 기차.

들. 그 순간은 오롯이 집중해서 나를 돌아볼 수 있는 소중한 시간이었습니다. 기차에서 옆자리에 누가 앉을까를 상상해 보는 것도 꽤 재미있었어요.

세상은 생각대로 되지 않아요.
하지만 생각대로 되지 않는다는 건 정말 멋지네요.
생각지도 못했던 일이 일어나는 걸요.

－《빨간 머리 앤》 중에서

상상 이야기를 하니 무한 긍정의 대가인 빨간 머리 앤이 생각납니다. 생각대로 되지 않는 여행! 앤의 말처럼 아이와 함께하는 이 여행은 생각대로 되지 않기에 생각지도 못한 즐거움이 큽니다. 물론 생각지도 못한 어려움도 있지만요.

반가워 잘츠부르크!

'잘츠부르크Salzburg', 독일어 'salz'는 소금이라는 뜻이고 'burg'는 도시를 뜻하니, 잘츠부르크는 이름만으로도 소금이 많은 곳임을 짐작할 수 있습니다. 옛날엔 소금이 화폐로도 쓰일 정도로 귀중한 물품이어서, 소금은 이 도시의 큰 재산이었습니다. 그런데 소금으로 유명했던 이 도시가 볼프강 아마데우스 모차르트가 살다간 이후로는 모차르트의 도시가 되어버렸어요. 모차르트를 느끼기 위해 세계 도처에서 이 작은 도시로 오는 관광객 수가 어마어마하거든요. 관광상품으로서의 연주회도 많고 여행상품 또한 가히 상상을 초월할 만큼 다양합니다.

특히 음악가나 음악애호가들에게 잘츠부르크는 꼭 가봐야 하는 성소 중의 성소지요. 저 역시 여러 번 와봤지만 올 때마다 느낌이 달랐고, 이번에는 아들과 함께라서 더욱 기대됩니다. 철없고 끼 많은 천재 모차르트는 이 시골이 싫어서 하루빨리 대도시로 탈출하려 했다지만, 고향 잘츠부르크는 너무나 그를 사랑하고 있습니다. 아마 지금은 모차르트도 잘츠부르크에게 고마워하겠지요?

　이제 저희는 신시가지에 있는 미라벨 정원Mirabell Garten에 가서 영화 〈사운드 오브 뮤직〉의 정취를 느껴보고, 구시가지에 있는 모차르트 생가Mozarts Geburtshaus에도 가볼 겁니다. 그런 후 '높은 곳에 위치한 잘츠부르크'란 뜻의 호헨잘츠부르크 성Festung Hohensalzburg에 올라 도시를 내려다보고, 마리오네트 인형극도 보러갈 거예요.

　미라벨 정원으로 유명한 미라벨 궁전은 원래 1606년 대주교 볼프 디트리히가 애인 잘로메와 자식들을 위해 지은 것입니다. 신실해야 할 대주교님도 사랑 앞에선 어쩔 수 없었나 봐요. 맨 처음 미라벨 정원에 갔을 때는 날씨가 너무 안 좋아서 덜덜 떨었었는데, 이번에는 해가 쨍 하니 떠서 예쁜 꽃을 많이 볼 수 있으면 좋겠어요. 여행할 때는 날씨가 정말 중요하지요. 신이시여, 제발 맑은 날씨를 보여주소서!

아름다운 정원과 '도레미 송'

　우리가 미라벨 정원을 찾은 날은 우연히도 토요일이었습니다. 미라벨 궁전이 1950년부터 시청사로 사용되고 있어서, 오늘도 역시 결혼식을 올리러 온 신랑 신부들이 많네요. 모차르트가 빈으로 떠나기 전 마지막 연주회를 열었던 정원 안의 홀에서는 요즘도 다양한 연주회가 열립니다(www.schlosskonz-erte-salzburg.at).

홀의 입장료는 객석의 줄 별로 다르니 잘 확인하고 예약을 해야 해요. 정격 연주장보다는 미라벨 홀처럼 자유로운 분위기의 공연장이 아이와 함께 감상하기에 편하므로, 기회가 될 때 이런 곳을 적극 활용하면 좋습니다.

미라벨 정원은 누구나 무료로 입장할 수 있습니다. 아이는 이미 쉰브룬 궁전의 넓은 정원을 봐서인지 그다지 감격해하지 않네요. 저 혼자 예쁜 꽃 실컷 보며 망상에 젖어 있는데, 아들이 불쑥 말을 걸어옵니다.

"엄마, 우리 노래 불러요! 영화에서 부른 그 노래!"

결혼식 후 사진 촬영을 하는 사람들.

"무슨 노래? 도레미 송? 부르고 싶어? 그래, 같이 부르자!"

"아니 여기서 말고, 저기로 가서 손잡고 뛰면서 불러야죠."

아이는 얼른 장미 덩굴이 있는 곳으로 저를 이끕니다. 영화 〈사운드 오브 뮤직〉에서 아이들이 뛰면서 돌아가며 이 노래를 부르던 것이 기억이 나나 봐요.

영화 〈사운드 오브 뮤직〉은 제2차 세계대전 당시 나치를 피해 미국으로 망명한 오스트리아 출신 폰 트랩 대령 일가의 실화를 바탕으로 만든 겁니다. 오래된 영화지만 지금 봐도 너무 재밌고 감동적이에요. 영화의 촬영지였던 이 미라벨

정원 뒤로 보이는 호헨잘츠부르크 성.

정원에서 아이들이 부른 '도레미 송'은 세계적인 히트곡이 되었지요.

미라벨 정원 뒤 높은 언덕 위로 조용히 마을을 지키고 있는 호헨잘츠부르크 성이 보입니다. 저도 모르게 입에서 에델바이스 노래가 흘러나오네요. 순백의 고귀한 알프스의 꽃 에델바이스! 이 노래도 〈사운드 오브 뮤직〉에서 트랩 대령이 가족노래자랑 무대에서 기타를 치며 부른 덕택에 유명해졌습니다.

어른이 되어 보니 좋은 엄마와 선생님 역할 둘 다를 잘하는 건 쉬운 게 아니더군요. 그럼에도 두 가지 역할을 다 잘한 분이 계셨으니 바로 〈사운드 오브 뮤직〉의 마리아 수녀 선생님입니다. 〈사운드 오브 뮤직〉은 미국영화인데도 잘츠부르크를 생각하면 당연히 떠오르는 영화에요.

마술피리 놀이터

미라벨 정원에서 아이가 화장실을 찾습니다. 이리저리 둘러보다 아래쪽에 화장실 간판이 보여 내려갔더니 그곳에 숨은 보석이 있었어요. 바로 아이들의 천국인 놀이터였지요. 못보고 갔으면 너무나 아쉬웠을 만큼 훌륭한 놀이터였습니다. 지구의 자전을 주장한 코페르니쿠스 동상과 높이 솟은 밧줄 놀이터! 역시나 아이들은 본능적으로 놀이터를 잘 찾습니다.

마술피리 놀이터.　　　　　　　　　메트로놈 모양으로 된 암벽타기와
　　　　　　　　　　　　　　　　　미끄럼틀로 이어지는 뒷면.

　놀이터는 높은 암벽타기와 흙·돌·철과 같은 원재료를 가
지고 놀기 등, 아이들의 모험심과 상상력을 키워주는 주제들
로 잘 꾸며져 있었습니다. 그 어떤 관광책자에도 나오지 않
은 놀이터였는데 아이들에겐 정말 마술피리와도 같은 곳이
었습니다. 마술피리 놀이터에 왜 코페르니쿠스의 동상이 있
는지 잘 이해가 안 됐지만, 아이는 그가 들고 있는 공이 지
구라는 것을 바로 알아보네요. 폴란드 사람인 코페르니쿠스
를 잘츠부르크에서 만나다니 반가웠습니다.

　앞면의 모형 암벽을 타고 올라갔다가 뒤쪽의 미끄럼틀로
나오게 되어있는 구조물은 높이가 꽤 높아서 어른도 무섭겠
든데 아이는 겁도 없이 잘 타는군요. 역시 겁이 많으면 도전하

미라벨 정원에서 만난 아카펠라 합창단.

기를 꺼리게 됩니다. 저는 아이가 항상 신기한 것들에 호기심을 갖고 도전해보는 사람으로 성장하길 바랍니다.

공원을 나오다 출구 근처에서 아름다운 합창단을 만났어요. 매주 토요일에 열리는 아마추어 아카펠라단 특별공연이라는데, 전문가라 해도 손색이 없을 만큼 훌륭했습니다. 공연을 하는 사람들과 감상하는 사람들 모두 하나가 되는 순간이에요. 저희 흥 많은 아이가 가만히 있을 리가 없습니다. 아니나 다를까, 제 곁에서 음악에 맞춰 신나게 춤추고 있네요. 우연찮게 마법을 만난 시간이었어요.

모차르트 박물관

여행을 하다 보면 추억이 새록새록 돋아나는 곳이 있지요. 제겐 잘츠부르크가 특히 그런 곳입니다. 스무 살 청춘의 막연한 동경심을 안고 처음 잘츠부르크를 방문했던 날! 오래된 돌들이 깔린 길, 골목길에 다양하게 걸려있는 멋진 철제 간판들, 말로만 듣던 그 유명한 모차르트 생가 등에서 느꼈던 감동은 지금도 생생하게 저의 기억저장소에 남아 있습니다.

여름이었고 대성당 앞에서 잘츠부르크 페스티벌이 한창이었습니다. 저는 그날 들은 모차르트의 '아이네 클라이네 나흐트 뮤직'을 잊을 수가 없어요. 두 개의 돔이 우뚝 서 있는 대성당은 모차르트가 세례를 받았던 곳이기도 합니다. 자, 이제부터 과거의 기억을 더듬으며 마르셀 프루스트의 《잃어버린 시간을 찾아서》처럼 시간여행을 떠나봅니다.

천재 음악가 모차르트는 1756년 1월 27일 잘츠부르크 게트라이데 거리의 노란 건물 4층에서 태어났습니다. 1773년 17살까지 살다가 잘자흐 강 건너 미라벨 정원 근처의 마카르트 광장으로 이사를 합니다. 게트라이데 거리에 있던 생가와 마가르트 광장에 있던 집은 분위기가 달라요. 잘츠부르크에서는 여러 곳에서 모차르트의 흔적을 느낄 수 있어요. 옆에 있던 아들이 중얼거립니다.

"엄마, 모차르트 선생님은 엄청 부자였나 봐요. 집이 여러 개잖아요. 우리는 하나밖에 없는데…."

아이의 해석이 재미있지요? 지금 이곳 생가 건물은 4층부터 6층까지 모차르트 박물관으로 꾸며져 있습니다. 열일곱 살에 이곳을 떠났다지만 모차르트는 여섯 살 때부터 유럽 각지로 연주여행을 다녔으니, 아주 일찍 출가를 한 셈이지요.

당시에는 손으로 쓴 편지만이 떨어져 있는 가족들과의 유일한 소통수단이었습니다. 게트라이데 박물관에는 그가 집에 있는 누이 난네를과 어머니 안나 마리아 그리고 아버지 레오폴드와 나눈 편지들이 고스란히 남아 있어요. 지금 그 편지를 다시 보니 이십대 때는 알지 못했던 모성애가 느껴지며 눈물이 핑 도네요. 어린 아들은 얼마나 엄마가 보고 싶었을 것이며, 자식을 멀리 보낸 엄마의 마음은 오죽했을까요? 모차르트 엄마는 아들이 천재라 좋기도 했겠지만, 저는 늘 제 곁에 있는 평범한 아들이 훨씬 좋네요.

박물관에는 모차르트가 어린 시절에 사용했던 악기와 그의 초상화도 전시되어 있습니다. 각 층으로 오르내릴 때마다 들리는 목재 계단의 삐걱대는 소리조차 이곳에서는 음악으로 들리네요. 오늘도 모차르트 선생은 자신을 보려고 온 전 세계의 팬들에 둘러싸여 미소 짓고 있겠지요? 늘 사람을 그

게트라이데 거리에 있는 모차르트 생가.

리워했던 그였기에 진정 행복할 겁니다. 모차르트 생가는 바쁘더라도 최대한 천천히 하나하나 잘 느껴봐야 합니다. 자세히 봐야 예쁘고, 오래 봐야 사랑스럽다지요.

모차르트 생가에서는 예쁜 기념품들도 많이 팝니다. 저는 또 정신 못 차리고 지인들에게 줄 연필이며 초콜릿, 편지지, 포스터, 우산 등을 사서 두 손 가득 안고 나옵니다. 모차르트 생가는 화려한 상점들 사이에 있어 자칫하면 그냥 지나칠 수 있는데, 노란 건물에 'Mozarts Geburtshaus'라고 크게 쓰여 있어서 정신만 차리고 있으면 잘 보입니다.

모차르트 생가가 있는 게트라이데 거리는 아름다운 철제 간판들로도 유명합니다. 당시엔 문맹인이 많아 상점마다 글씨 대신 그림으로 자신들의 업종과 특징을 표시했다고 해요. 잘츠부르크에는 대를 이어 간판을 만드는 장인들이 있어요. 전통을 이어가는 그들의 정신이 참 부럽습니다.

잘츠부르크 페스티벌

잘츠부르크에서는 매년 여름 '잘츠부르크 페스티벌'이 열립니다. 모차르트가 중심이긴 하지만 음악뿐만 아니라 연극·오페라 등 다른 장르의 공연도 매우 풍성해요. 1920년에 시작하여 오늘날처럼 발전된 축제가 되기까지에는 지휘자 헤르베르트 폰 카라얀의 공이 컸다고 해요. 카라얀은 35년 동

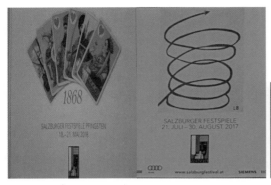
잘츠부르크 페스티벌 포스터

헤르베르트 폰 카라얀

안 베를린 필의 상임지휘자로 활동했지만, 잘츠부르크 태생입니다. 그래서도 더욱 잘츠부르크 페스티벌의 음악감독을 겸임하며 이곳에 많은 애정을 쏟았겠지요. 여러모로 이 도시는 슈퍼 영웅들이 지키는 최강의 음악도시입니다.

살랑살랑 얼굴에 닿는 여름 바람을 느끼며 대성당 앞에서 야외 공연을 보고 조명 빛에 둘러싸인 호헨잘츠부르크 성도 올려다봅니다. 귀에 익숙한 모차르트의 세레나데를 안주 삼아 오늘만큼은 잘츠부르크의 국민 맥주 에델바이스Edelweiss도 한잔 마십니다. 아들은 맛있는 초콜릿으로 엄마는 시원한 맥주로 행복하기만 한 잘츠부르크의 밤입니다.

대성당 앞 광장에서 진행된 축제.

모여라 꿈동산, 그리고 마리오네트 인형극

저를 똑 닮은 아들을 바라보고 있자니, 제 여덟 살 적이 생각납니다. 그때는 지금처럼 공부를 많이 하지도 많이 시키지도 않았잖아요. 그래서 학교에서 돌아와 숙제를 끝내고 오후 5시 30분에는 TV로 어린이 방송을 봤었어요. 그때는 종일방송 시대가 아니어서, TV 방송이 오후에 시작되었거든요. 정규 프로그램 시작을 알리는 애국가가 무척 반가웠지요. 저희 엄마는 학교선생님이어서 퇴근이 늦곤 했는데, 일찍 오시는 날엔 맛있는 저녁밥을 지어주셨습니다. 엄마가 만드는 된장찌개와 계란말이 냄새를 맡으며 신나게 봤던 TV 프로그램

들을 잊을 수가 없어요. 그 안락하고 행복했던 느낌이 선명하게 떠오릅니다. 저는 특히 얼굴이 큰 인형들이 나오는 인형극 〈모여라 꿈동산〉을 좋아했어요. 눈이 부리부리한 인형들의 연기를 보면서 인형극에 대한 환상을 키웠지요.

저는 오늘 그 인형극만큼 좋아하는 마리오네트Marionette 인형극을 아이와 함께 볼 예정입니다. 마리오네트 극장은 미라벨 정원 근처에 있는데, 인터넷상으로는 예약 가능한 좌석이 제한되어 있어서 원하는 좌석을 구하려면 현장에서 사야 합니다. 아이 좌석은 15유로 어른은 37유로인데, 안타깝게도 이 극장에는 가족할인 제도가 없어요. 그래서 아침 일찍 극장에 가서 입장권을 샀습니다. 어린이용이라고 대충 만든 공연이 아니고 실제 오페라처럼 공연시간도 꽤 길어요

마리오네트 인형극은 사람이 위에서 인형에 연결된 끈을 조정하면 누워있던 인형들이 팔딱 일어나서 움직입니다. 각 신체 부위마다에 연결된 실을 세심하게 조정해주니까 진짜 사람처럼 표정이 다양해져요. 의상 또한 굉장히 화려합니다. 숨결을 불어넣는다는 표현은 이럴 때 쓰는 거구나 싶어요. 집중해서 보다 보면 사람이 인형을 움직이는 건지 인형이 사람을 움직이는 건지 모를 정도로 자연스럽습니다. 정말 사실적으로 꾸며져서 한 번 볼 만합니다.

마리오네트 극장 내부.

　마리오네트 극장 소속의 극단은 세계적으로 유명한 오페
라 인형극 전문 극단으로, 주로 모차르트 작품을 공연합니다.
극장은 미라벨 정원 옆에 있어서 쉽게 찾을 수 있어요. 1913
년 어느 조각가가 집에서 취미로 인형극을 시작하였던 것을
그의 아들이 이어받아 극단을 만들고 50년 이상 이끌면서 예
술적으로 발전시켰다는군요. 게트라이데 거리의 철제 간판
장인들처럼 그 또한 전통을 이어나간 겁니다.

　마리오네트는 중세 특히 르네상스 시대에 이탈리아에서
시작되었는데, 처음에는 교회에서 어린이들을 교육하기 위해

끈이 달린 인형으로 공연을 했다고 합니다. '마리오네트'라는 이름도 성서 속 동정녀 '마리아Mary'에서 나온 것입니다. 교회 안에서 교육을 목적으로 했을 때는 별 재미가 없었지만, 이후 교회 밖으로 나오면서부터 세속적인 내용이 가미되어 대중에게 큰 인기를 얻었습니다. 현재 마리오네트 극장은 세계 여러 곳에 있지만 잘츠부르크의 극장이 제일 유명합니다. 이곳에서는 〈마술피리〉〈피가로의 결혼〉 등 모차르트의 작품 5개와 차이코프스키의 〈호두까기 인형〉 등, 총 12개의 작품이 공연되는데, 극의 수준이 전반적으로 높고 무대도 사실적이어서 아이들뿐만 아니라 어른들도 꽤 볼 만합니다.

모차르트 오페라 〈마술피리〉 중 '파파게노, 파파게나'

모차르트는 여러 개의 오페라를 작곡했는데요, 그중 세 개를 꼽자면 〈피가로의 결혼〉〈돈 조반니〉〈코지 판 투테〉입니다. 그러나 아이들에게는 〈마술피리〉가 단연 으뜸이지요. 〈마술피리〉는 살짝 복잡한 듯하지만 실제로는 아주 간단한 이야기에요. 타미노 왕자와 파미나 공주가 주인공이고, 왕자를 도와 공주를 구하러 가는 파파게노Papageno와 그의 짝 파파게나Papagena가 감초 역할을 합니다. 파미나 공주의 엄마인 밤의 여왕의 부탁을 받은 왕자는 잡혀간 공주를 구하러 갑니다. 여왕이 준 마술피리를 들고 악당을 물리치러 먼 길을 떠나요. 위험한 순간마다 피리를 불면 천사들이 나와서 도와줍니다. 제게도 그런 마술피리 하나 있으면 얼마나 좋을까요. 알라딘의 요술램프처럼 부르기만 하면 모든 게 해결될 테니까요.

처음엔 왕자도 여왕이 악의 기운을 숨기고 있다는 걸 알아채지 못합니다. 공주를 구하러 갈 때는 공주를 납치해 간 남자가 악당인 줄 알았는데, 막상 가서 보니 여왕이 악당이고 공주를 데리고 있는 남자는 의로운 철학자였어요. 왕자는 그 의로운 철학자 편이 되기 위해 새잡이 파파게노와 침묵으로 임무를 수행하고, 마침내 공주와 함께 물과 불의 시험을 통과합니다. 못생긴 외모 때문에 짝이 없어 슬퍼하던 파파게노도 이 과정을 통과하며 자기에게 꼭 어울리는 여자친구 파파게나를 만나 행복해지고, 밤의 여왕의 세계는 무너집니다. 결국 모두가 힘을 합쳐 악을 물리치고 행복한 결말을 맞이해요.

좀 더 깊이 들여다보면 모차르트가 가입한 비밀결사 조직인 '프리메이슨Freemason'의 이상을 느낄 수 있어요. 자유·평등·박애와 관용을 최고의 가치로 여겼던 모차르트는 이 작품을 통해 선이 악을 이긴다는 것을 표현했지요. 권선징악은 동서고금을 막론하고 진리입니다.

물론 아이들의 시선과 어른들의 시선은 굉장히 다릅니다

파파게노가 된 펠릭스

만 〈마술피리〉는 아이들에게 진리를 느끼게 해주는 아주 좋은 작품이에요. 공연 후에 아이에게 물어보니 새잡이 파파게노가 여자 친구 파파게나를 만났을 때 부르는 아리아가 제일 좋았다는군요. 계속 '파파파'로 부르는 '파파게노! 파파게나!' 이중창입니다. 아이는 밤새 호텔방 안에서 '파파파'를 하며 날개짓을 하고 있어요.

좋은 부모가 된다는 건

빈과 잘츠부르크를 아이와 함께 둘러보니 새삼 많은 것이 느껴지더군요. 아마도 엄마가 된 뒤 겪었던 경험들이 저를 변화시켜서일 겁니다.

좋은 부모가 되는 것은 언제나 큰 화두지요. 자식을 잘 키우고, 자식이 잘 되길 바라는 것은 세상 모든 부모의 바람이니까요. 이탈리아의 기인 비발디, 교향곡의 아버지 하이든, 천재 모차르트, 내성적이었지만 음악에서는 거인이었던 슈베르트… 모두는 한때 누군가의 자식이었습니다. 만약 우리가 그들의 부모였다면, 그들을 어떻게 키웠을까요? 그 부모들도 우리처럼 자식을 키우느라 일희일비했겠죠?

저는 이번 여행에서 제 자신을 돌아보는 시간을 갖게 된 것이 가장 기쁩니다. 물론 제가 몰랐던 아이의 새로운 면을 보게 된 것도 크게 감사할 일이죠. '문제 있는 아이는 없다. 다만 문제 있는 부모가 있을 뿐이다'라는 말이 있지요? 무서운 말이지만 맞는 말입니다. 아이가 잘못된 생각과 행동을 하고 있다면 부모인 제 자신부터 살펴야 합니다. 선택과 결정의 순간마다 과연 이것이 아이를 위한 최선인지 아니면 엄마의 욕심이나 불안 때문인지도 살펴야 하고요. 아이는 부모의 또 다른 자아입니다.

왈츠의 아버지와 왈츠의 왕으로 불렸던 슈트라우스 부자는 사실 사이가 그렇게 좋진 않았답니다. 1804년생인 슈트라우스 1세는 1825년에 첫아들을 봅니다. 21세에 아빠가 된 거지요. 젊은 아빠는 아들이 음악가가 되는 것을 원치 않았습니다. 게다가 아빠는 아들을 진심으로 이해하지도 못했어요. 자신보다 훨씬 인기가 높았던 아들이 부럽기도 했습니다. 부자지간을 떠나 한 인간으로서 느끼는 본능적인 질투심이었던 거죠. 하지만 나이가 들어 부자는 서로를 이해하게 되었고 드디어 서양음악사에 나란히 이름을 올립니다. 저는 이 아빠 슈트라우스에게 자식을 이해하는 법을 배웠습니다.

잘츠부르크의 모차르트는 저에게 부모의 여러 가지 역할에 대해 진지하게 생각해보게 했습니다. 모차르트의 아버지 레오폴드 모차르트는 잘츠부르크 대주교 교회의 바이올린 연주자였습니다. 지금으로 보자면 각 도시마다 있는 시립교향악단 단원인 거지요. 연주뿐만 아니라 작곡과 이론에도 능통했던 그는 누구보다도 예술가의 길에 대해 잘 알고 있던 작곡가이고 전문 연주자이자 음악 교육가였습니다. 더군다나 그는 잘츠부르크 수도회 대학에서 철학과 법학을 공부했으니, 남달랐을 수밖에요.

아들의 천재성을 일찌감치 알아본 것은 그의 음악적인 안목과 능력 덕분이었습니다. 그는 아들을 위해 직접 곡을 만들고 가르쳤습니다. 교통수단도 정보도 얻기 힘든 시절에 여섯 살짜리 아들을 위한 연주여행을 기획하고 동행했습니다. 대단한 기획자였고 최고의 매니저였던 거지요.

사람들은 어린 아이를 너무 혹사시킨 게 아니냐고 하지만 음악가인 제 입장에서 볼 땐 레오폴드는 부모로서의 역할을 그 누구보다도 훌륭하게 수행한 사람입니다. 정작 자신은 아들과 연주여행을 다니느라 궁정에서의 출세가 늦어졌지만, 1756년에 출간한 《기본 바이올린 교습법 시론》이 널리 알려지면서 신동의 아버지로뿐만 아니라 탁월한 음악교육가로도 명성을 굳힙니다. 자신의 입신양명보다 아들의 성공을 위해 자신을 희생한 부모. 어찌 보면 슈트라우스 1세와는 다른 아버지의 모습입니다. 저는 레오폴드 모차르트에게서 부모의 사랑과 헌신, 그리고 아이의 능력을 잘 이끌어내는 교육 방법을 배웠습니다.

부모가 되고 나서야 교육의 진정한 의미를 조금씩 깨달아 갑니다. 'education'이란 영어는 'educare'라는 라틴어에서 유래한 것으로, 'e'의 '밖으로'와 'ducare'의 '끌어내다'의 의미가 합쳐진 단어입니다. 결국 교육이란 아이가 가지고 있는 천성과 개성을 밖으로 이끌어내는 것이고, 그 가능성을 바람직한 방향으로 최대한 끌어올린다는 의미지요. 지금 저희의 교육은 잘 되고 있는지, 끄집어내기보다는 일방적으로 꾹꾹 눌러 담고만 있는 건 아닌지 깊이 생각해 봅니다.

여행의 중간쯤에서 그간의 시간을 돌아보고 앞으로의 시

간을 점검하는 것도 좋네요. 초심을 기억하고 남은 시간을 더 좋은 느낌으로 채울 수 있으리라 기대해요. 좋은 부모가 된다는 건 완벽한 게 아니라 날마다 생각하며 배워가는 것이니까요.

3장

음악가의 휴식처,

스위스

루체른Luzern

루체른은 도시 자체가 그리 크지 않습니다. 부지런히 움직이면 하루에 대략 둘러볼 수 있어요. 이곳에 처음 왔을 때는 유람선과 루체른 문화센터에 반해서 구시가지 골목은 대충 지나쳤었는데, 이번에는 구석구석 제대로 느껴보려고요.

다른 유럽 도시들과 마찬가지로, 루체른에서도 중앙역은 빼놓을 수 없는 관광명소예요. 물론 여행객인 저희에겐 대형슈퍼마켓 'COOP' 간판이 제일 먼저 눈에 들어옵니다. 역을 나서면 앞으로 루체른 호수가 보이고, '산들의 여왕'이라 불리는 리기나 필라투스로 가는 유람선 선착장과 KKL(Kultur und Kongresszentrum Luzern, 루체른 복합 문화공간)도 지척에 있습니다.

많은 사람이 이용하는 중앙역 인근에 문화예술의 메카가 위치한 이 도시, 정말 멋집니다. 일상이 예술이 되는 삶을 꿈꾸는 저의 이상과 딱 들어맞는 도시에요. KKL은 1934년에 처음 지어졌으나 건물이 노후하자 프랑스의 유명 건축가 장 누벨의 설계로 새로 만들어졌습니다. 세계적인 지휘자 클라우디오 아바도Claudio Abbado가 1998년에 콘서트홀 개관 공연을 지휘했고, 2년 후인 2000년에 루체른 미술관을 비롯한 전관이 문을 열었어요. 음향 수준이 세계 최고라는 공연장을 갖춘 다목적 건축물이고 카펠교Kappellbrüecke에서도 아주 가깝습니다. KKL에서는 부활절 음악제·루체른 페스티벌·루체른 피아노 페스티벌·추수감사절 음악축제 등 다양한 음악제가 열리는데, 그중 대표 격인 루체른 페스티벌은 매년 8~9월에 열립니다. 페스티벌에서는 주로 루체른 페스티벌 오케스트라Lucerne Festival Orchestra가 연주를 담당합니다.

KKL을 지나 호수 위에 있는 카펠교로 걸음을 옮깁니다. 역시나 아들은 요새를 보더니 관심을 보입니다. 창과 방패라며 막 휘두르는 흉내를 내고 지금이라도 당장 적들과 싸울 기세예요. 루체른의 명소 카펠교는 1333년에 도시 방어를 위한 시설의 일부로 만들어졌습니다. 아들의 초관심 대상인 팔각형 탑은 '바써 투름Wasser Turm'입니다. '물 위에 떠있는 탑'

카펠교와 바써 투름.

전형적인 스위스 통나무집.

루체른 마을 풍경.

이라는 뜻인데, 호수에서 쳐들어오는 적들을 감시하는 역할
이지만 등대·감옥·보물 창고로도 사용됐어요. 다리의 길이
는 200미터 정도 되는데, 저는 끝까지 뛰어가보고 싶다는 아
들을 달래느라 애먹었습니다. 뭐든 길게 뻗은 길만 보면 달리
고 싶어 하는 아이거든요. 다리 양쪽에는 꽃장식이 되어 있어
요. 어딜 가나 제라늄이 내걸려있는 스위스 통나무집처럼요.

베토벤 피아노 소나타 제14번, C#단조, op. 27, '월광'

독일에서의 오랜 유학을 마치고 귀국을 며칠 앞둔 어느 날
이었습니다. 집에서 짐 정리를 하다가 독일에서 그동안 못해

본 게 뭘까 생각했어요. 좋은 선생님들 만나 원하는 공부도 잘 마쳤으니 마지막 이 순간에 뭘 해야 할까? 답은 바로 여행이었습니다. 독일에 있는 동안 틈틈이 여행을 하리라 생각했건만, 막상 그러지 못했어요. 오로지 학위 받는 것만을 최우선으로 생각하다보니 늘 시험과 연주에 쫓겼습니다. 지금 생각해보면 왜 그렇게 편협하게 살았나 싶지만, 그땐 그랬어요.

못 해본 것이 여행이었다는 것을 깨닫고 나니 망설이는 시간조차 아깝더군요. 당장 차를 빌리고 친구 몇 명을 불러 모아 여행을 떠났습니다. 그렇게 충동적으로 떠난 여행의 첫 방문지가 바로 이곳 루체른이었어요. 거의 20년 전 일이네요.

루체른 호수의 운무와 유럽에서 가장 오래된 나무다리라는 카펠교, 그리고 루체른 문화 센터는 그야말로 감동 그 자체였습니다. 음악가인 저는 클래식 음악 축제인 '루체른 페스티벌'의 흔적을 느끼는 것만으로도 행복했지요. 그 루체른에 이제 아들과 함께 왔습니다. 오랜 시간이 흘렀지만 그때의 감동은 제 마음 속에 여전히 선명하게 남아 있네요.

스위스에서는 여러 도시를 보기 보다는 루체른에만 며칠 있어볼 참입니다. 진정한 휴식이 뭔지를 느껴보려고요. 스위스에는 수도인 베른을 비롯해 교육의 도시 취리히 그리고 융프라우로의 출발점인 인터라켄 등 유명한 도시들이 참 많습

루체른 강가에 늘어서있는 호텔들.

니다만, 루체른이 유독 친숙하게 느껴지는 건 아마도 제가 피아니스트이기 때문일 겁니다. 베토벤의 불후의 명곡 '월광 소나타'는 루체른 호수 덕택에 탄생한 제목이거든요.

그 옛날 베토벤 선생이 피아노 소나타 14번을 작곡했는데, 후에 베를린 출신의 음악평론가 루드비히 렐스타프(Ludwig Rellstab, 1799~1860)가 1악장을 듣더니 '달빛이 비치는 루체른 호수의 물결에 흔들리는 작은 배' 같다고 말했답니다. 작품 번호로만 통용되던 이 곡은 그때부터 '월광'이라는 이름으로 불리게 되었다는군요. 월광 소나타를 셀 수 없이 여러 번 연주했지만 루체른 호수에 와서 들으니 역시 감동이 남다르네요. 달밤Moonnight에 월광Moonlight 소나타를 들으며 영감을 얻습니다.

베토벤은 1801년, 서른한 살에 줄리에타 귀차르디라는 여성과 행복한 결혼 생활을 꿈꾸며 이 월광 소나타를 그녀에게 헌정합니다. 냉정하고 이성적인 베토벤 역시 사랑 앞에서는 한없이 부드러운 남자였던 것이지요. 그러나 지병인 귓병이 악화되고 엎친 데 덮친 격으로 실연까지 당하고 맙니다. 극도로 괴롭던 그 시기에 '환상곡풍의 소나타'라는 곡을 작곡합니다.

베토벤의 삶에서 빼놓을 수 없는 사건은 서른두 살이던

1802년에 쓴 하일리겐슈타트의 유서인데요, 베토벤은 귓병
이 악화되면서 자살을 하려고 유서를 쓰기 시작합니다. 그러
나 다행히 그는 이 유서 이후 25년을 더 살았고, 수많은 명곡
을 작곡합니다.

월광 소나타는 다양하게 편곡되어 가요나 팝송으로도 연
주되는데, 제게는 세 잇단 음표로 연주되는 리듬이 모두 '괜
찮아, 괜찮아…!'로 들립니다. 아마도 제가 위로받고 싶었던
때마다 들어서 자기 최면처럼 그렇게 들리나 봐요. 비가 부
슬부슬 오는 날 이 괜찮아 송Song을 들으면 꽤 괜찮습니다.

라우터브루넨의 고요와 평안

이 고요와 평온을 어떻게 표현해야 할까요? 서울에서 출발
전 비염으로 고생했던 아이는 스위스에 온 이후 재채기 한
번 안 합니다. 공기가 나쁘면 바로 기침을 하는 저도 여기서
는 목이 편안하네요. 냄새마저도 다르고, 뭘 해도 좋을 날씨
입니다. 저렇게 파란 하늘 색깔을 오랜만에 봐요. 구름은 정
말 솜사탕 같고요, 바람은 콧잔등을 살랑살랑 건드리네요.

'미루나무 꼭대기에 조각구름 걸려 있네. 솔바람이 몰고
와서 살짝 걸쳐 놓고 갔어요'

먼지 폭포라는 뜻의 이름을 가진 라우터브루넨.

사방이 초록으로 둘러쌓인 풍경.

모든 게 자연물 그대로인 놀이터.　　　　　　마을 한가운데 있는 공동묘지.

　어릴 적 불렀던 동요가 절로 흥얼거려집니다. 왜 수많은 예술가들이 스위스로 휴양을 왔는지 충분히 이해됩니다.

　입고 있던 가벼운 차림 위에 얇은 점퍼만 걸치고 아이와 함께 동네 산책에 나섰습니다. 마치 저희 동네 같은, 어딘지 모르게 익숙하고 편안한 느낌이에요. 그 어떤 세상의 기술문명과 혜택보다도 지금 이곳의 자연과 공기가 저희를 행복하게 합니다. 온 세상에 색깔이라고는 초록색 단 하나 뿐인듯 사방이 온통 초록에 둘러싸여 있습니다.

　먼지 폭포라는 뜻의 라우터브루넨이 숙소에서 가깝다기에 가보기로 했어요. 아래에서 올려다보기로는 꽤 높은데도 아이는 신나게 올라갑니다. 걷느라 목이 마른 참에 약수터를 발견했습니다. 아이는 마치 물을 처음 마셔본 사람처럼 맛있게 먹네요. 물을 마시고 그제야 뒤를 돌아보니 가까이에 공동묘

공존의 의미를 느끼게 하는
놀이터 구조.

톰과 셜리의 아름다운 시간을
기념하는 벤치.

지가 있더군요. 분명 마을 한가운데이고 더군다나 아이들 놀
이터가 바로 앞에 있는데 말입니다. 이곳은 어쩌면 이리도 삶
과 죽음이 조화롭게 공존하고 있을까요? 무덤마다 꽃들로 예
쁘게 장식되어 있어서 무섭게 느껴지지도 않고 멀리서 보면
마치 예쁜 꽃밭 같아요.

아이도 놀이터 옆에 무덤이 있는 걸 의아해하면서도 무덤
이 무섭지 않답니다. 어쩌면 우리는 공동묘지를 귀신이 나오
는 곳으로 무섭게 이미지화한 교육에 너무 길들여진 것이 아
닐까요? 저들도 한때는 우리와 함께 살았던 사람들인데 말이
에요. 잠들어 있는 영혼도 지나가는 사람도 결코 다르지 않다
는 단순하면서도 깊이 있는 메시지가 공존의 의미를 느끼게
합니다. 아! 그리고 놀이터에서 나오다가 발견한 벤치에 적

힌 '톰과 셜리 부부의 아름다운 시간을 기념하며'라는 문구를 보고 있자니, 누군지도 모르는 그들의 아름다운 사랑이 그대로 전해져 오네요.

이 동네는 어디에서건 하이디를 부르면 당장이라도 피터와 함께 뛰어나올 것 같습니다. 할아버지도 온화한 미소를 지으며 양떼들과 나타나시고요. 할 수만 있다면 스위스의 자연을 모두 한국으로 가져가고 싶어요. 이 달달한 공기와 솜사탕 같은 구름, 살랑살랑 다리를 간지럽히는 산들 바람. 여기야말로 지상낙원이고 아이들은 낙원에서 뛰노는 천사네요. 눈 앞에 보이는 산은 분명 흰 눈에 뒤덮여 있는데 저희가 서 있는 땅은 푸른 바다 같은 초원이니, 아이의 표현대로 스위스는 정녕 '마법의 나라'임에 틀림없습니다.

툰 호수Lake Thun

아름다웠던 루체른에서의 시간을 뒤로 하고 이제 인터라켄으로 떠납니다. 인터라켄은 툰Thun 호수와 브리엔츠Brienz 호수를 양 옆에 날개처럼 끼고 있는 도시입니다.

관광객들 대부분은 알프스의 융프라우를 가기 위해 인터라켄을 찾지만, 저의 목적지는 툰 호수입니다. 라우터브루넨에서 인터라켄까지는 기차로 30분가량 걸려요. 대부분의 기차가 정차하는 동역에 내려 저희 숙소가 있는 서역 앞까지 걸었습니다. 동역에서 바로 기차를 갈아타면 한 정거장 거리지만 날씨가 너무 좋아서 걷고 싶었어요. 아들도 이젠 걷는 것에 적응이 되었는지 군말 않고 따라오네요. 역시 적절한 고생은 약이 됩니다.

유람선에서 바라본 강 건너 마을.

유람선이라는 것을 스위스에 와서 처음 타봤습니다. 유레일패스가 있으면 인터라켄에서 출발하는 유람선을 무료로 탈 수 있어요. 아들은 처음 타는 배에 설레어하더니 어느새 장난감을 발견하고는 자리를 잡았네요. 노는 곳은 기가 막히게 잘 찾아요. 유람선 위에서 알프스를 감상하는 것은 생각보다 훨씬 감동적이었어요. 햇빛이 유리처럼 투명하게 빛나는 날에 살랑살랑한 바람을 맞으며 툰 호수로 향합니다.

누군가 그러더군요. 여행을 가면 사람의 몸과 마음이 새로운 옷으로 갈아입을 준비를 한다고요. 마음의 여유를 누리겠다는 다짐을 하니 모든 게 느긋해집니다. 더군다나 툰 호수는 그런 다짐을 실현하기에 안성맞춤인 곳이더군요. 좋은 날씨에 물결 따라 바람 따라 앞으로 나아가는 유람선에 앉아 있으니 여기가 천국이네요.

저희는 아무 생각 없이 그저 그림 같은 풍경만 눈에 담고 있습니다. 모두들 강가에 누워 온몸에 햇볕을 쐬고 있는 모습이 중간 정박지마다 펼쳐집니다. 유학 초기에는 햇빛이 조금이라도 나는 날이면 만사를 제쳐두고 햇빛 아래 누워있던 독일인들이 참 의아했는데, 그곳에서 살아보니 이해가 되더군요. 해가 뜨면 무조건 맞이해야 하는 게 맞습니다.

이탈리아 칸초네 '오 솔레 미오'를 흥얼거리며 따사롭고

인터라켄 시내에서 바라본 융프라우.

평온한 이 시간을 즐깁니다. 다시 유람선에 오르니 슬슬 잠이 오네요. 일상의 스트레스를 떨쳐버렸더니 잠도 꿀잠이에요.

아이는 외국 아이들과 놀이도 하고 과자도 나눠 먹더니 어느새 제 옆에 와서 공부를 합니다. 남들은 여행와서까지 공부를 시키는 열성 엄마라 하겠지만, 이건 모두 아이 스스로 하는 행동입니다. 제가 공부하라고 하면 오히려 안 할 텐데, 아이는 학기 중에 여행온 것이 마음에 걸리는지 놀다가도 제 할 일은 합니다. 믿고 기다려 주면 알아서 하게 된다더니, 그

말이 맞네요. 아이는 선원 아저씨에게 가서 무슨 말을 했는지 엽서 몇 장을 얻어 왔어요. 멀리 지구 반대편에서 온 흥 많은 소년이 귀여웠나 봐요.

브람스 첼로 소나타 2번, op. 99 / 바이얼린 소나타 2번, op. 100

드디어 툰 호수에 도착했습니다. 제가 융프라우를 마다 하고 굳이 이곳을 찾은 이유는 바로 브람스(Johannes Brahms 1833~1897) 때문입니다. 브람스가 이곳에서 엄청난 곡들을 작곡했거든요. 그는 1886년부터 1888년까지 여름이면 툰 호수에 머물렀는데, '첼로 소나타 2번, F장조, op. 99', '바이올린 소나타 2번, A장조, op. 100', '피아노 3중주 3번, c단조, op. 101', '바이올린과 첼로를 위한 이중협주곡, a단조, op. 102' 가 모두 이곳에서 탄생한 작품입니다. 한 곡도 아니고 무려 네 곡이나요! 브람스 열혈팬인 저는 도대체 이 호수의 분위기가 어떻기에 브람스가 이곳에서 그 많은 명곡들을 만들었는지를 음악인의 시선으로 느껴보고 싶었어요. 그야말로 현장체험이지요.

제가 전공인 피아노 다음으로 좋아하는 악기가 첼로입니다. 그래서 실내악 연주를 할 때면 첼로 곡을 자주 선택하는데, 그중에서도 브람스가 이 툰 호수에서 작곡했다는 '첼로 소나타 2번, F장조'는 저의 인생 음악입니다. 전체 4악장 중 특히 2악장은 듣는 이의 가슴을 후벼 파는 매력이 있어요.

브람스는 독일 북부의 항구도시인 함부르크 태생이어서인지 성격이 내성적이고 무뚝뚝했다고 해요. 사람들과 어울리는 것보다 혼자만의 고독을 좋아했지만, 이곳 툰 호수에서 그는 자기방어 기제들을 모두 해제시켜 버립니다. 첼로 소나타 2번은 브람스의 다른 음악들과는 달리 밝고 경쾌하고, 그중 2악장은 감미롭기까지 하거든요. 이곳에서 지내는 여름 동안 생각 많고 진지한 브람스가 많이 달라졌나봅니다.

브람스는 첼로 소나타를 2개 작곡했는데, 첼로 소나타들 중 최고의 걸작이라고 꼽히는 2번은 1번을 작곡한 지 이십 년 후에 만든 곡입니다. 작곡가가 곡을 만든 순서대로 번호를 붙이는 것이 작품번호(op)인데, 이곳에서 만든 op. 99와 op. 100이 각각 첼로와 바이올린 곡인 걸 보면, 현악기를 위한 선율들이 폭포수처럼 한꺼번에 쏟아진 겁니다. 어쩌면 브람스가 오랫동안 품고 있던 고민들에 대한 답을 툰 호수에서 찾은 건지도 모르겠어요.

아이와 함께 듣기엔 조금 어려울 수 있지만 이 기회에 첼로 소나타 2번과 바이올린 소나타 2번을 감상해 보시길 바랍니다. 바이올린의 날카로우면서도 섬세한 음색과 첼로의 따뜻하면서도 진중한 음색이 각각 다른 개성을 뽐내는 것도 느껴보시고요.

툰 호수 유람선 안에서 이어폰으로 듣는 유튜브용 음원이지만 지금까지 들어본 어떤 브람스 곡보다 깊은 감동이 느껴집니다. 툰 호수의 물결이 현 위에서 춤을 추는 것 같아요. 그 시절 브람스도 저 물결을 그렇게 느꼈겠지요.

4장

음악의 본향,

이탈리아

베네치아Venezia

공부하느라 독일에서 꽤 오랫동안 머물렀는데도 이탈리아에는 가보지 못했습니다. 같은 유럽이라도 이탈리아나 스페인 같은 남부 지역은 독일과는 느낌이 많이 다르다는 말은 많이 들었어요. 독일이 차분하고 이성적이라면 이탈리아는 약간 들떠있고 감성적이라고요. 독일과 이탈리아는 각각 냉정과 열정으로 대변되는 듯합니다.

저는 이탈리아를 생각하면 항상 피콜로(Piccolo, 플루트보다 더 높은 음을 내는 목관악기) 같은 느낌이 들었어요. 어릴 때 장화 모양의 나라는 무조건 이탈리아라고 배웠던 기억도 납니다. 그 장화 나라 북부에 있는 도시 '베네치아'의 영어 이름이 '베니스'인 줄도 모르고, 지도에서 '베니스'만 열심히 찾았

물의 도시 베네치아.

던 기억도 새록새록 나네요.

베네치아는 베네치아만灣 안쪽의 석호潟湖 위에 흩어져 있는 백여 개의 섬들이 약 400개의 다리로 이어져 있는 도시입니다. 저희는 그곳에서 리알토 다리Ponte de Rialto · 산 마르코 성당과 광장, 그리고 작곡가이자 사제였던 비발디(Antonio Vivaldi, 1678~1741)가 교사로 봉직했던 피에타 고아소녀학교의 성당과 수도원을 둘러볼 계획입니다.

물의 도시 베네치아. 셰익스피어의 희극《베니스의 상인》의 무대 베네치아. 건축의 도시 베네치아. 베네치아를 수식하

리알토 다리에서 바라 본 그랜드 캐널(대운하).

는 말은 헤아릴 수 없이 많지만, 그 많은 수식어 중 음악가인 제가 가장 좋아하는 건 '빨간 머리 사제 안토니오 비발디의 고향, 베네치아'입니다.

비발디는 거의 매번 한국인이 가장 좋아하는 클래식 음악 1위에 뽑히는 '사계'의 작곡가입니다. 눈이 부실 정도로 강렬한 베네치아의 태양 아래에서 곤돌라를 타고 비발디의 음악을 듣는 상상을 하니 벌써부터 가슴이 설레네요.

아들에게 비발디의 음악을 들려주니 만화영화 〈치로와 친

도시의 수호 성인 산 마르코의 유해가 있는 산 마르코 성당.

구들〉에 나온 음악이라며 노래를 흥얼거리네요. 역시 아이들은 들리는 음악보다 보는 음악을 훨씬 좋아합니다. 이런 걸 보면 아이들이 즐겨 보는 만화나 영화에 클래식 음악을 적극적으로 넣는 것이 클래식 음악 교육에 효과적인 방법인 것 같아요. 이젠 〈치로와 친구들〉에 나온 노래를 만든 선생님 이름이 '비발디'라고 기억하게 됐으니까요.

피에타 고아소녀학교 터에 자리 잡은 '메트로폴' 호텔에서 하룻밤을 묵은 우리는 비발디의 음악을 들으러 바로 옆의 피에타 성당Chiesa della Pietà으로 갑니다. 하얀 대리석으로 만들어진 이 성당은 베네치아의 랜드마크인 산 마르코 광장에서 해변을 따라 동쪽으로 다리 세 개를 지나면 나옵니다. 그곳까

도시 어디에서든 비발디의 숨결을 느낄 수 있는 베네치아.

지 가는 길 내내 비발디가 우리를 감싸 안아주는 느낌이 들었습니다.

베네치아의 골목 어귀마다에 있는 크고 작은 성당을 기웃거리다보면 비발디의 음악을 자주 접하게 됩니다. 성당들의 공연 프로그램에 비발디 음악이 단골 메뉴거든요. 그는 유명한 '사계' 말고도 '만돌린 협주곡', 미사곡 '글로리아' 등 많은 교회 음악과 협주곡 등을 작곡했습니다. 산 마르코 성당의 챔버 오케스트라는 비발디 음악만 연주하더군요. 기회가 되면 공연일정표를 보고 관람 가능한 날짜와 시간을 맞춰보세요. 홈페이지에 이탈리아어와 영어로 자세히 안내되어 있네요(www.virtuosidivenezia.com).

비발디의 음악을 제대로 느끼고 싶다면 산 비달 성당도 강력히 추천합니다. 베네치아에서 비발디 연주로 유명한 또 다른 실내악단인 '인터프레티 베네찌아니Interpreti Veneziani'가 밤마다 이곳 무대에 오르고요. 가격은 대체로 27~8유로입니다.

베네치아에는 이탈리아에서 가장 오래된 카페 '플로리안Florian'도 있습니다. 1720년에 문을 열었다니 역사가 대단하지요. 저희는 오늘 플로리안에서 비발디의 음악을 들은 후 에스프레소 한 잔과 젤라또를 먹으며 석양을 감상하려고 합니다. 하여간 베네치아에는 성당이건 카페건 어디서나 비발디의 음악이 흐릅니다.

산 마르코 성당 앞 광장.

베네치아 최고의 카페 플로리안.

비발디 바이얼린 협주곡 '사계'

천재 바이올리니스트이자 작곡가였던 비발디의 머리카락
은 빨간색이었습니다. 비발디는 자신의 빨간색 머리카락에
콤플렉스가 있어서 외모에 신경을 많이 썼다고 해요. 그래서
인지 그의 음악도 총천연색 음의 대향연인 듯 아주 밝고 화
려합니다. 비발디는 어려서부터 여자아이들과 어울려 놀기
를 좋아하고 취향도 여성적이었다는군요. 저마다의 취향을
인정하는 것은 참 중요하지요. 아이의 마음을 잘 읽어야 교
육을 잘할 수 있는 것도 같은 의미일 겁니다. 비발디 엄마는
아들 키우느라 참 힘들었을 것 같아요. 취향이 워낙 독특했
으니까요.

어려서부터 병약했던 비발디는 신학교를 마치고 사제 서
품을 받았지만 건강 때문에 사제 역할을 제대로 수행할 수
없었습니다. 그래서 그는 미사를 집전하는 사제 대신 피에타
고아소녀학교에서 음악을 가르치는 선생님 신부가 됩니다.
당시 이탈리아에는 갈 곳 없는 고아들을 위한 교육시설들이
많았는데, '사계'는 바로 그 아이들을 가르치기 위한 학습용
음악이었습니다.

'사계'의 원제목은 따로 있습니다. 〈화성과 창의에의 시도
Il cimento dell'armonia e dell'inventione, op. 8〉라는 것인데, 12개
의 바이올린 협주곡을 모은 이 작품의 첫 네 곡이 우리가 아

는 '사계'입니다. 그 네 곡이 너무 유명해서 이것들만 따로 모아 간단히 '사계'로 부르게 된 것이지요. '사계'의 각 곡에는 계절별로 어울리는 소네트(Sonnet, 시)가 수록되어 있어 음악의 내용을 더 잘 이해할 수 있게 해줍니다.

오펜바흐 오페라 〈호프만의 이야기〉 중 '뱃노래'

비발디에 빠져 있는 엄마와 달리 아들은 슬슬 지치기 시작합니다. 욕심 부리지 않겠다고 다짐을 했지만 엄마 마음이 과했나 봐요. 아이에게 머리가 아닌 마음으로 느끼게 해주겠다는 저의 초심은 어디로 간 걸까요? 갑자기 미안해지면서 떠오르는 영화가 있습니다. 너무나도 감동 깊게 봤던 이탈리아 영화 〈인생은 아름다워〉입니다.

이탈리아 시골에서 로마로 상경한 유대인 귀도는 상류층 미녀인 도라를 사랑하게 됩니다. 귀도에게 관심조차 없던 도라는 그의 순수함과 유쾌하고 긍정적인 성격에 차츰 마음이 끌려 결국 귀도와 결혼을 합니다. 아들 조슈아와 함께 행복하게 살고 있는 그들에게 어느 날 갑자기 불행이 닥칩니다. 유대인인 귀도가 포로수용소에 끌려가게 된 것이죠. 도라는 유대인이 아닌데도 끝까지 남편과 함께 있겠다하여 세 식구 모두 수용소로 가게 되지만, 아빠 귀도는 아들에게 절대 이 잔인한 현실을 설명하지 않습니다. (아이가 불안해하지 않도록 우회

적으로 잘 설명해서 힘든 상황을 받아들이게 하는 이 아빠의 자세~ 부모로서 꼭 배워야 할 덕목이에요.)

　다시 영화로 돌아와서요… 독일군 장교 집에서 열린 파티에서 식사 시중을 들던 귀도가 우연히 축음기를 발견하고는 레코드판을 걸어 음악을 틀고 스피커를 여자 수용소 쪽으로 돌립니다. 수용소 어딘가에 있을 도라에게 보내는 음악이었지요. 몸은 각각 다른 곳에 있지만 두 사람은 온 가족이 행복했던 시절을 회상하며 자크 오펜바흐의 오페라 〈호프만의 이야기〉 중 3막의 아리아 '뱃노래'를 듣습니다. 잔잔하고 아름다운 멜로디가 귀도와 도라 뿐만 아니라 그 둘을 바라보는 우리 모두를 울린 곡이었습니다.

　오펜바흐는 독일에서 태어나 주로 프랑스에서 활동했던 19세기 후반의 작곡가입니다. 그는 환상적인 소재를 많이 다룬 후기 낭만음악의 전문가였습니다. 그는 비발디 같은 바로크 음악가들과는 달리 환상적이고 몽환적인 주제로 사람들을 반하게 하는 능력을 갖고 있었습니다. 이 오페라 〈호프만의 이야기〉 역시 호프만 박사와 네 명의 여자 주인공들이 다양한 방식으로 사랑을 하는 이야기입니다. 일종의 만화처럼 허무맹랑한 이야기이지만, 가사와 멜로디만 보면 이토록 아름다울 수가 없어요.

이탈리아 3대 오페라 극장이자 베네치아에서 가장 큰 오페라 극장인 라 페니체La fenice의 이번 시즌 연주 일정에 아쉽게도 이 곡이 없네요. 불사조라는 뜻의 '페니체'는 아이들이 좋아하는 장난감 '피닉스'와 같은 뜻입니다. 베네치아 라 페니체에서 오펜바흐의 '뱃노래'를 들으며 아들에게 속삭이고 싶네요. 아무리 현실이 냉혹하고 어렵더라도, 인생은 아름다운 거라고.

멘델스존 〈무언가〉 중 '베네치아의 뱃노래'

우리는 뭔가 새로운 생각과 영감이 필요할 때 여행을 떠나곤 합니다. 200년 전, 19세기 위대한 예술가들도 이탈리아에서 많은 영감을 얻었습니다. 독일의 대문호 괴테는 이탈리아에서 제2의 인생이 시작되었다고 할 만큼 이탈리아를 사랑했습니다. 그 결과 《이탈리아 기행》이라는 괄목할 만한 책도 집필합니다. 그런 괴테가 아주 사랑했던 작곡가가 있는데요, 바로 독일의 낭만주의 작곡가 멘델스존입니다. 괴테는 예순 살이라는 나이 차이에도 불구하고 손자뻘인 멘델스존의 예술을 극찬했다고 해요.

펠릭스 멘델스존(Felix Mendelssohn-Bartholdy, 1809~1847)은 요즘 말로 '엄친아'라 불릴 만큼 다재다능한 음악가였습니다.

정말 이름처럼 산다는 말이 맞을까요? '행운'을 뜻하는 이름을 가진 펠릭스 멘델스존의 인생엔 가난과 불행은 없는 것만 같습니다. 그의 혈통은 유대계로, 할아버지 모제스는 당대에 유명한 계몽주의 철학자였고, 아버지 아브라함은 돈 많은 은행가였습니다. 그는 어릴 때부터 부유하고 좋은 환경에서 자란 터라 일찌감치 여행을 많이 했는데요, 이탈리아에서 얻은 영감으로 교향곡 '이탈리아'와 '베네치아의 뱃노래' 같은 명곡을 작곡합니다.

여기서는 뱃노래를 소개하려고 해요. 그는 총 48곡 구성으로 가사가 없는 노래라는 뜻의 〈무언가無言歌〉를 작곡했는데, 그중 세 곡이 '베네치아의 뱃노래'입니다. 물의 도시 베네치아에서 받은 영감이 얼마나 강렬했으면 세 곡이나 작곡했을까요? 멘델스존의 뱃노래는 전편에 소개해드린 오펜바흐의 〈호프만의 이야기〉에 나오는 뱃노래에 비해 약간 어둡습니다. 아니, 멜랑콜리하다고 해야 할 것 같네요. 세 곡 중 가장 유명한 건 바로 제2권(op. 30)의 제6곡 F#단조입니다.

잔잔한 물 위로 파도가 출렁거리는 것처럼 왼손의 반주가 세 개의 음표로 차분히 흐르고, 오른손에서는 눈물이 날 정도로 슬프고 우아한 멜로디가 흘러나옵니다. 정말 듣고 있으면 피아노가 부르는 노래 같습니다. 기회가 된다면 이 음악을 글로만 설명할 것이 아니라 직접 연주로 들려드리고 싶네요.

베네치아는 도시 전체가 역사라는 말이 정말 맞습니다. '세상의 다른 도시'로 불리는 이곳에서는 볼 것도 느낄 것도 참 많아요. 문예부흥인 르네상스의 종착역이며 산 마르코의 유해가 있는 성당과 세상에서 가장 큰 유화인 틴토레토의 〈천국 Paradiso〉이 있는 두칼레 궁전, 그리고 베네치아 회화의 본산인 아카데미아 미술관까지. 시간이 허락한다면 열흘 아니 한 달을 머물고 싶은 도시입니다.

빨간 머리 사제 비발디의 고향이고 괴테와 멘델스존이 사랑에 빠졌으며, 뜨거운 태양조차도 '오 솔레 미오'로 들리는 도시. 그 도시에서의 시간은 정녕 저녁이 있는 삶 그 자체였습니다. 이탈리아인이 아니라 베네치아인이라고 말할 정도로 자기 도시에 대한 애착이 강하고 해양 도시의 자존심을 지키며 사는 베네치아 사람들. 그들의 음악은 강렬한 태양만큼 열정적이고 잔잔한 강물처럼 낭만적입니다. 초등학생 아들도 뭔지는 잘 모르지만 아무튼 멋지다고 합니다.

로마Rome

드디어 로마에 도착했습니다. 역시 로마는 다르더군요. 예술의 보고인 로마를 보려고 전 세계에서 몰려든 관광객들로 로마의 밤거리는 대낮처럼 북적거렸습니다. 베네치아에서 아기자기한 골목길만 다니다가 로마에 도착하니 눈앞이 어찔어찔했어요.

테르미니 역 근처에서 예약한 호텔을 찾는데, 아무리 둘러봐도 내비게이션의 안내와는 달리 우리 호텔이 보이지 않았습니다. 살짝 당황해 있는데 저희 머리 위 어디쯤에서 "할로 Hallo!"하는 남자 목소리가 들려요. 집주인 프란체스코가 3층에서 저희를 내려다보며 밝게 웃고 있었습니다. 잘 찾아왔다며 엘리베이터를 타고 3층으로 올라오라고 합니다.

예약할 때는 호텔인 줄 알았는데, 실제로는 아파트형 숙소였어요. 프란체스코는 숙소 이용 시 주의사항들과 기타 등등을 장장 한 시간 동안 설명하고 돌아갔습니다. 관광세까지 철저하게 챙기면서요. 문화유산으로 대대손손 돈을 버는 그들이 굉장히 부럽더군요.

조금 전에 제가 왜 숙소를 못 찾았던 건가를 생각해보니, 저희 숙소는 다세대 주택이라 호텔 간판이 없었던 거죠. 이런 경우는 무조건 주소로 집을 찾은 후 출입문 아랫부분에서 거주자 이름이 붙은 초인종을 찾아 누르면 되는 건데, 그새 유럽 방식을 다 잊어버렸던 거지요. 로마에서 얻은 첫 교훈은 크고 화려한 것만 볼 것이 아니라 작은 것이라도 유심히 봐야 한다는 것이었습니다.

로마는 하루아침에 이루어지지 않았다.

대부분의 클래식 음악 용어가 이탈리아어라는 것을 아시나요? 우리가 주변에서 자주 듣는 피아노·포르테·칸타타… 등의 용어나 도·레·미·파… 등의 계이름은 이탈리아어입니다. 명품 바이올린(스트라디바리우스나 과르넬리)이나 세계 최초의 피아노(바르톨로메오 크리스토포리가 1709년 제작)도 이탈리아에서 만들어졌지요. 클래식 음악의 대가들이 주로 오스트리아와 독일 출신이라 그쪽이 클래식 음악의 본고장인 듯하지만,

어쩌면 그리스 문화의 전통을 이어받아 로마 문화를 발달시킨 이탈리아야 말로 클래식 음악의 본향입니다. 그러니 유럽에 와서 음악의 도시들을 둘러보는데 이탈리아의 수도인 로마를 뺄 수는 없지요. 로마는 서양 문화의 근원지이고 그것을 바탕으로 모든 서양 예술이 발전하고 꽃을 피웠으니까요. 그런 점에서, 로마가 클래식 음악에 끼친 영향이 무엇인지를 저도 아이와 함께 느껴보고 싶었습니다.

"엄마! 도레미파 계이름이 이탈리아 말이었어요? 엄청 신기하네요!"

아들은 바닥에 박힌 별 모양의 장식을 밟으면서 발 건반 놀이를 합니다.

'왜 엄마가 꼭 이탈리아를 가봐야 한다고 했는지 이젠 이해가 되지? 어느덧 네가 이렇게 커서 엄마랑 함께 여행을 할 수 있다니 정말 기쁘다!'

메트로 B선을 타고 콜로세오Colosseo 역에 내리면 바로 콜로세움입니다. 이탈리아의 메트로는 우리나라 지하철처럼 표를 넣고 들어가는 시스템이 아니더군요. 표 넣는 곳 앞에서 잠시 헤매고 있으니까 지나가는 이탈리아노가 알려줍니다.

"Just Go!"

그 말에 퍼뜩 놀라 바Bar를 밀고 나왔습니다. 인생도 이렇

콜로세움 내부.

게 망설이기보다는 직감으로 'Just Go' 해야 하는 순간이 있
지요. 역시 오늘도 한 수 배웁니다.

콜로세움은 로마의 네로 황제가 자살한 지 1년 뒤인 기원
후 72년에 황제 베스파시아누스가 만들기 시작해서 80년에
그의 아들 티투스가 완공한 로마 최고의 건물이지요. 4층으
로 된 원형 경기장이 층마다 80개씩 총 320개의 아치 기둥들
에 둘러싸여 있습니다. 전 층이 도리아·이오니아·코린트 양

기독교를 공인한 콘스탄티노(콘스탄티누스) 개선문.

식으로 각각 다르게 지어졌습니다. 황제부터 노예까지 모두
가 출입할 수 있는 경기장이지만, 각 층마다 관람자의 신분이
정해져 있는 걸 보면 계급사회임을 확실히 느낄 수 있네요.
'거대하다'라는 뜻의 이탈리아어 '콜로세오'라는 이름이 아
주 어울리는 건축물입니다.

　제일 높은 층인 4층에서부터 내려가며 둘러봤는데요, 계단
돌의 높이가 상당히 높아서 내려가는 것도 꽤 운동이 됩니다.
잘못하면 계속 돌 수 있으니 계단 출입구를 잘 찾으세요.

　그야말로 지글지글 타는 듯한 태양을 머리에 이고 콜로세
움을 둘러본 후 포로 로마노Foro Romano로 향합니다. 38도를

들어가서 왼쪽 방향은 팔라티노 언덕, 오른쪽 방향은 포로 로마노 입구.

웃도는 더위에 그늘 하나 없는 길을 걷자니 아이가 힘들어하
네요. 그래서 귀족들의 주거지였던 팔라티노 언덕은 포기하
고, 포로 로마노를 자세히 보기로 했습니다. 포로 로마노는
'밖'을 뜻하는 그리스어 '포리아'에서 유래된 말로 '로마 바
깥'이라는 뜻입니다. 원래는 바깥이었다가 점점 로마가 부강
해 지면서 중심지가 되었다는군요. 사람들이 모여 토론하는
장소를 뜻하는 영어 '포럼Forum'이 여기서 유래된 말입니다.
　콜로세움을 먼저 봐서인지 아이는 포로 로마노에서는 그
저 "아 높다! 크다!"만 외치네요. 포로 로마노에 대해 이런
저런 설명을 해줘도 로마의 포로가 포로 로마노냐며 말장난
만 합니다. 그러다 좁은 그늘이 나오니까 얼른 들어가기에 좀

스페인 광장 계단.

노나 싶었는데, 어디선가 호루라기 소리가 들립니다.

"휘뤼뤽!"

포로 로마노 관리인에게 지적당한 아들.

'아이쿠 아들아! 여기는 2000년 된 세계문화유적지야! 뭐든 함부로 만지면 안 된단다. 로마의 포로라고 말장난하더니 쌤통이다!'

몰라서 그랬다며 울상을 짓는 아이를 달래주면서도 돌멩이 하나도 소중하게 관리하는 이탈리아인들의 자세가 부러웠습니다. 그래요, 관광세 받을 자격 있네요.

과거가 없는 오늘이란 없지요. 아이에게 영화 〈글래디에이터〉를 설명해주며 지금으로부터 2000년 전에 이곳에서 일어난 일을 생각해보라고 했습니다. 제가 검투사 흉내를 내며 아이 앞에서 역할극까지 했어요. 의기소침해 있던 아이가 검투사 이야기는 재미있어 하네요.

아모르 인 로마(Amor in Roma)

영화 〈로마의 휴일〉에서 오드리 햅번이 젤라토를 먹어 더욱 유명해진 스페인 광장은 오늘도 관광객은 물론이고 장미와 팔찌를 파는 행상에 수학여행을 온 학생들로 북적북적합니다. 아이는 그 와중에도 계단 오르내리기 놀이를 하고 있네요. 어디서건 놀이를 만들어내는 걸 보면 참 신기해요. 저는 아이가 늘 그렇게 스스로 놀이를 만들어 놀 줄 아는 사람이 되길 바랍니다. 호모 루덴스Homo Ludens, 놀이하는 인간! 중요하잖아요.

요즘은 스페인 광장에서 아이스크림을 먹는 것이 금지되어 있습니다. 너도나도 젤라토를 먹는 바람에 광장이 더러워지는 것을 막기 위한 고육책이라지요. 저희도 광장에서 잠시 쉰 후 젤라토 가게 졸리티Giolitti를 찾아 나섰습니다. 근처 노점에서 비슷한 걸로 사줄까 했다가, 약속은 꼭 지키는 거라고 가르쳤던 터라 할 수 없이 판테온 근처의 졸리티까지 갔어요.

카페 그레코.

구글 지도를 보면서도 한참을 헤매다 찾았습니다. 사실 저는 광장 앞 콘토티 거리에 있는 '카페 그레코'에서 우아하게 에스프레소 한잔 마시고 싶었지만….

카페 그레코는 1760년에 문을 연 그리스 카페로 괴테 · 바이런 등 많은 예술가와 작가 들이 드나들었던 곳이라고 해요. 커피 가격이 상당히 비싼데 아이와 고상한 대화를 할 수도 없으니, 안타깝지만 사진만 찍고 발길을 돌릴 수밖에요.

야경이 멋있다는 트레비 분수(일명 삼거리 분수!)에 저희도 동전을 던졌습니다. 등 뒤로 한 번 던지면 로마에 다시 오고,

세 갈래 길에 위치한 트레비 분수.

두 번 던지면 사랑이 이루어진다는 트레비 분수! 애인도 없
는데 신나게 동전을 던져대는 아이를 보며, 매일 새벽에 걷는
동전의 액수가 얼마일까 궁금해 졌어요. 이 동전들은 모두 여
러 빈민 구호 단체들에 보내진다고 합니다. 그 말을 들은 아
이가 있는 동전을 다 던져야겠다네요. 동전을 던지는 게 재미
있어서인지 좋은 의도로 그러는 건지 잘 모르겠지만, 누군가
를 돕는 게 행복한 일이라는 건 아는 거지요. 이렇게 아이가
커가고 있습니다.

레스피기 교향시, 〈로마의 분수〉

로마를 사랑한 예술가들이 참 많지만 오토리니 레스피기 (Ottorino, Respighi, 1879~1936)만큼 로마를 극찬한 작곡가도 드물 겁니다. 밤에도 관광객들로 북적이는 트레비 분수를 보고 있으니 레스피기의 〈로마의 분수〉가 떠오릅니다.

로마에는 분수와 소나무가 정말 많아요. 웬만한 주택의 정원에는 대부분 소나무들이 있더군요. 그래서인지 이탈리아 볼로냐에서 태어나 로마에서 활동한 레스피기는 '로마의 분수', '로마의 소나무', '로마의 축제'라는 세 개의 교향시를 만들었습니다.

레스피기는 현대 작곡가이지만 옛 이탈리아 음악을 발전시키기 위해 애썼기에 그의 음악에서는 르네상스 이전 음악의 색채가 풍깁니다. 처음 들을 때는 낯설 수도 있어요. 그러나 한 가지 확실한 건, 음악이 물처럼 흐른다는 겁니다. 〈로마의 분수〉1악장은 새벽의 아스라함을 표현하기 위해 플루트·클라리넷·오보에·바순 등의 목관 악기가 번갈아 연주하고 중간에 트라이앵글도 등장합니다. 전체 4악장으로 구성된 이 곡은 1악장에 '새벽의 줄리아 골짜기의 분수', 2악장에 '아침의 트레노레 분수', 3악장에 '한낮의 트레비 분수', 4악장에 '황혼녁의 빌라 메디치 분수'라는 제목이 붙어있습니다. 아이에게 곡의 배경을 설명해주니 한낮에 트레비 분수에 못 온것을 아쉬워하네요. 저도 동감이지만 한낮에는 너무 더워서 올 엄두가 나질 않았어요.

영원불멸의 도시 로마의 새벽부터 밤까지를 음악으로 색칠한 교향시 〈로마의 분수〉는 연주 영상을 보면서 악기들을 확인해보면 좋습니다. 다양한 악기들이 형형색색의 분수 모습을 묘사하거든요. 총 16분가량 되는 음악을 다 듣고 나면 로마의 멋진 분수들을 모두 감상한 것 같은 기분이 듭니다. 3악장의 '한낮의 트레비 분수'에서는 개선문을 지나는 로마의 군인 모습이 연상됩니다. 큰 음량의 금관악기들이 소리 높여 연주하거든요. 바다의 신 넵튠이 금방이라도 말을 타고 하늘로 날아오를 것 같아요.

음악 속에 등장하는 분수들은 모두 잘 보존되어 있어서 아이들과 함께 찾아다녀볼 만합니다. 로마에 여유 있게 머물 수 있다면요. 물론, 로마의 분수뿐만 아니라 소나무도 같이 감상해야지요.

세계에서 가장 작은 국가, 바티칸

아이와 여행을 할 때 교육 차원에서라도 박물관은 가봐야지요. 하지만 사전 지식 없이 그 많은 작품을 본다는 건, 특히 아이에겐 지루하고 힘든 일이에요. 그래서 저는 이번 여행을 위해 아이와 함께 어린이용 바티칸 박물관 책을 미리 읽었습니다. 나름 준비를 한 셈이지요.

아침 일찍 바티칸 박물관에 도착하자마자 아들은 제게 내기를 걸어오네요. 미리 읽었던 책 속의 작품을 누가 더 많이 찾는지 내기하자고요. 목적을 분명히 정했더니 지루한 줄 모르고 구경했습니다. 현지 전문가 투어가 있기에 신청을 해서 책으로 다 이해 못한 내용도 보충했고요. 책을 읽고 전문가의 설명을 들으며 작품을 보니 이해가 쏙쏙 되더군요. 덕택에 저도 감상에만 집중할 수 있어서 좋았어요.

솔방울이란 뜻의 피냐 정원을 지나 벨베데레의 팔각 정원에서 라오콘 군상과 토르소들을 감상했습니다. 작품들이 모두 손이 닿는 위치에 있어서 작품을 건드릴까 봐 긴장했어요. 실제로 관광객들의 부주의로 작품이 훼손되기도 한다니 더욱 조심하게 되더군요.

그리스 조각상 〈라오콘 군상〉앞에서 저절로 발이 멈췄습니다. 조국을 지키려다 신에게 벌을 받아 두 아들과 함께 죽임을 당한 트로이의 마지막 제사장 라오콘의 모습입니다. 자신은 뱀에 물려 죽으면서도 아들들을 지키려는 부성애가 느껴져서 마음이 아련하더군요. 자식을 보호하려는 아버지의 처절한 마음을 설명하니 아이가 말합니다.

"엄마! 전 적어도 엄마를 뱀에게 물리게 하진 않을게요. 걱

〈라오콘 군상〉.

정 마세요!"

아이고 고맙다. 아들아!

바티칸 박물관은 대영박물관·루브르 박물관과 더불어 세계 최대의 박물관입니다. 전시품 모두를 제대로 보려면 적어도 일주일은 걸리겠지만, 저희처럼 시간이 부족한 여행자들은 유명한 작품 몇 개만 확실하게 보는 것이 효과적일 수 있습니다. 많이 보는 것 보다 자세히 보는 것에 집중해서 설명을 들었습니다. 드디어 제가 가장 보고 싶었던 라파엘로의 방으로 향했습니다. 여러 작품 중 특히 서명의 방에 있는 〈아테네 학당〉은 제가 평소 강의나 연주 때 많이 소개한 작품이어서 더 애정이 가네요.

사람들로 후덥지근한 공간에서 계속되는 설명을 듣느라 지친 아이도 〈아테네 학당〉을 보고는 반가워합니다. 자기도 아는 그림이라며! 어떤 것에 대해 조금이라도 알면 훨씬 재밌고 가깝게 느끼는 건 애나 어른이나 같더군요. 아는 만큼 보인다는 건 역시 진리입니다. 책에서보다 실제가 훨씬 멋있다고 해요. 어떻게 알았는지 중간에 서 있는 플라톤·아리스토텔레스를 말하면서, 자기는 계단에 누워있는 아저씨가 가장 마음에 든다는군요. 그 사람은 바로 속세의 삶에 욕심이 없었던 괴짜 철학자 디오게네스예요. 아이 눈에도 디오게네

서명의 방에 있는 라파엘로의 〈아테네 학당〉.

스가 가장 편안하게 보였을까요?

　어려운 이름들인데도 철학자들의 이름을 정확히 발음하는
걸 보면 아이들의 가능성은 무한하다는 생각을 합니다. 남자
아이들의 경우 그 길고 복잡한 공룡이름들을 다 외우잖아요.
다 이해하긴 힘들겠지만, 아이들에게 많은 이야기를 해 주는
것은 언제나 좋습니다. 대신 아이의 수준에 맞춰서 설명을 해
줘야지요. 아이의 입에서 아리스토텔레스라는 이름이 자연스

바티칸 성당.

럽게 나오는 것을 보니 더 다짐하게 되네요.

바티칸 박물관 관람의 마지막 코스인 시스티나 성당입니다. 이곳은 교황을 선출하는 콘클라베가 열리는 곳이지요. 바로 그곳에서 우리는 미켈란젤로를 만났습니다.

미켈란젤로! 이름은 익히 들었지만 르네상스를 대표하는 화가라는 것 말고는 아는 게 별로 없었어요. 그런데 이게 원작의 힘일까요? 시스티나 성당의 천장화를 보는 순간, 그를 사랑하기로 했습니다. 평면도 아니고 천장에, 장장 4년 반이라는 시간 동안 대부분 혼자서 그린 작품이에요. 원래 조각가였는데 교황의 부름으로 천장화를 그리게 되었고, 고개를 꺾어 위를 쳐다보며 그리느라 척추가 휘고, 눈에는 물감이 떨어져 큰 고통을 겪었답니다. 아! 이건 보통의 집념으론 할 수 없는 일이지요.

천장화에는 여러 사람의 모습과 이야기가 담겨 있는데, 제게는 그 어떤 성경 이야기보다 그 그림 자체가 경이로웠어요. 얼굴도 본 적 없는 미켈란젤로에게서 연민과 위용을 동시에 느꼈습니다. 아담에게 생명을 부여하려는 찰나를 표현한 손가락 모습은 어릴 적에 봤던 영화 〈ET〉를 떠오르게 합니다. 아이는 천장화를 보면서 목을 한껏 젖히더니 방향을 바꿔 보면 이런저런 모양으로 보인다고 평을 하네요. 저는 〈최후의 심판〉이 가장 인상 깊었습니다. 인간의 삶을 어쩜 저렇게 사실적으로 잘 표현했을까요? 천국과 지옥 사이에 연옥의 세계가 있다는 것과 최후의 심판을 통해 사후 세계가 달라진다는 등등의 이야기를 들으니 새삼 착하게 살아야겠다는 생각이 듭니다.

벨라 이탈리아! 차오 이탈리아!

도시마다 개성이 뚜렷한 이탈리아. 로마ROMA의 알파벳을 거꾸로 읽으면 사랑이라는 뜻의 '아모르AMOR'가 됩니다. 로마에서 제일 많이 느끼고 마음에 담아가는 것 역시 '사랑'입니다.

누군가에겐 영화 〈로마의 휴일〉의 배경으로, 누군가에겐 노란 조명 가득한 도시의 야경으로, 누군가에겐 역사의 흔적들로, 또 누군가에겐 그곳에서 만난 사람과의 인연으로 기억될 로마. 고대의 그리스 로마 문화를 이상으로 하여 다시 부흥시키고자 한 15~16세기의 르네상스는 많은 예술장르에 영향을 끼쳤습니다. 그런 의미에서 예술가인 저에게 이탈리아는 너무나 매력적인 곳이에요. 그래서 〈로마의 휴일〉의 주인공처럼 저도 설레는 마음으로 로마의 구석구석을 걸어 다녔습니다.

위대한 역사 유적지와 거대한 박물관도 좋았지만 빛나는

이탈리아의 태양 아래서 뛰놀던 아이의 모습, 보르게세 공원과 베네치아 산 마르코 광장에서 보았던 사람들의 환한 웃음이 기억에 남습니다. 많은 것을 보고 느낀 시간이었어요. 물론 아이와 함께하는 여행이라 과감히 포기해야 할 것도 많았지만요. 준세이와 아오이의 영화 〈냉정과 열정 사이〉에 나온 피렌체의 두오모까지 보는 건 껌딱지가 있는 제겐 언감생심이었고, 패션의 도시 밀라노에서 쇼핑을 하고 라 스칼라La Scala 극장에서 오페라 공연 한 편 보려 했던 원대한 포부는 아쉽지만 접었습니다.

여행이란 같은 시간에 같은 곳을 보는 사람끼리도 다른 생각과 다른 느낌을 갖게 하는 마술입니다. 유럽의 음악 도시들을 거쳐 마지막으로 도착한 이탈리아에서, 역시나 로마는 하루아침에 이루어진 곳이 아니고 모든 길은 로마로 통한다는 말을 실감했어요. 로마는 정복지들을 연결하느라 수많은 길을 만들었고, 그 길을 통해 그들의 문화를 전파시켰습니다. 그런 로마제국의 후손들이기에, 이탈리아 곳곳에서 들리는 음악은 그 자체로 예술이었고, 광장의 무명 악사도 노천카페의 가수도 모두가 예술가였습니다.

비발디와 레스피기뿐만 아니라 멘델스존과 리스트가 이탈리아를 주제로 명곡들을 작곡한 것은 이탈리아와 사랑에 빠졌기에 가능한 일이었을 겁니다. 저 역시 사랑에 한껏 취한 채 아름다웠던 밤들을 뒤로하고 이제 이탈리아를 떠납니다. 벨라 이탈리아! 차오 이탈리아!

피아니스트 엄마의 음악 도시 기행

첫판 1쇄 펴낸날 2018년 10월 30일

지은이 | 조현영
펴낸이 | 박남희

종이 | 화인페이퍼
인쇄·제본 | 한영문화사

펴낸곳 | (주)뮤진트리
출판등록 | 2007년 11월 28일 제2015-000059호
주소 | 서울시 마포구 토정로 135 (상수동) M빌딩
전화 | (02)2676-7117 팩스 | (02)2676-5261
전자우편 | geist6@hanmail.net
홈페이지 | www.mujintree.com

ⓒ 조현영, 2018

ISBN 979-11-6111-024-0 03810